STS

山田社

精修版

考試分數大躍進
累積實力
百萬考生見證
應考秘訣

2

根據日本國際交流基金考試相關概要

絕對合格
日檢必背閱讀

N2

新制對應！

吉松由美
田中陽子
大山和佳子
◎合著

山田社

前言
preface

開啟日檢閱讀心法，日檢實力大爆發！
只要找對方法，就能改變結果！
即使閱讀成績老是差強人意，也能一舉過關斬將，得高分！

★ 日籍金牌教師編著，百萬考生推薦，應考秘訣一本達陣！！
★ 被國內多所學校列為指定教材！
★ N2 閱讀考題 × 日檢必勝單字、文法 × 精準突破解題攻略！
★ 左右頁中日文對照，啟動最有效的解題節奏！
★ 魔法般的三合一學習法，讓您樂勝考場！
★ 百萬年薪跳板必備書！
★ 目標！升格達人級日文！成為魔人級考證大師！

為什麼每次日檢閱讀測驗都像水蛭一樣，不知不覺把考試時間吞噬殆盡！
為什麼背了單字、文法，閱讀測驗還是看不懂？
為什麼總是找不到一本適合自己的閱讀教材？

您有以上疑問嗎？

放心！不管是考前半年或是考前一個月，《精修版 新制對應絕對合格！日檢必背閱讀 N2》帶您揮別過去所有資訊不完整的閱讀教材，磨亮您的日檢實力，不再擔心不知道怎麼準備閱讀考試，更不用煩惱來不及完成測驗！

本書【4大必背】不管閱讀考題怎麼出，都能見招拆招！

☞ 閱讀內容無論是考試重點、出題方式、設問方式，完全符合新制考試要求。為的是讓考生培養「透視題意的能力」，做遍各種「經過包裝」的題目，就能找出公式、定理和脈絡並進一步活用，就是抄捷徑方式之一。

☞「解題攻略」掌握關鍵的解題技巧，確實掌握考點、難點及易錯點，説明完整詳細，答題準確又有效率，所有盲點一掃而空！

☞ 本書幫您整理出 N2 閱讀必考的「重要單字及文法」，只要記住這些必考關鍵單字及文法，考試不驚慌失措，答題輕鬆自在！

☞「小知識大補帖」單元，將N2程度最常考的各類主題延伸單字、文法表現、文化背景知識等都整理出來了！只要掌握本書小知識，就能讓您更親近日語，實力迅速倍增，進而提升解題力！

本書【6大特色】內容精修，全新編排，讓您讀得方便，學習更有效率！閱讀成績拿高標，就能縮短日檢合格距離，成為日檢考證高手！

1. 名師傳授，完全命中，讓您一次就考到想要的分數！

　　由多位長年在日本、持續追蹤新日檢的日籍金牌教師，完全參照 JLPT 新制重點及歷年試題編寫。無論是考試重點、出題方式、設問方式都完全符合新日檢要求。完整收錄日檢閱讀「理解內容（短文）」、「理解內容（中文）」、「綜合理解」、「理解想法（長文）」、「釐整資訊」五大題型，每題型各二回閱讀模擬試題，徹底抓住考試重點，準備日檢閱讀精準有效，合格不再交給命運！

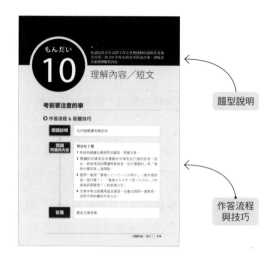

題型說明

作答流程
與技巧

2. 精闢分析解題,就像貼身家教,幫您一掃所有閱讀盲點!

閱讀文章總是花大把時間,還是看得一頭霧水、眼花撩亂嗎?其實閱讀測驗心法,處處有跡可循!本書把握專注極限 18 分鐘,訓練您 30 秒讀題,30 秒發現解題關鍵!每道試題都附上有系統的分析解說,脈絡清晰,帶您一步一步突破關卡,並確實掌握考點、難點及易錯點,所有盲點一掃而空!給您完勝日檢高招!

題目與關鍵句　　　　　　　翻譯與解題

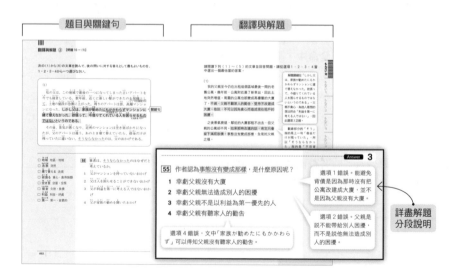

詳盡解題
分段說明

3. N2 單字＋文法，織出強大閱讀網，提升三倍應考實力！

針對測驗文章，詳細挑出 N2 單字和文法，讓您用最短的時間達到最好的學習效果！有了本書，就等於擁有一部小型單字書及文法辭典，「單字 × 文法 × 解題攻略」同步掌握閱讀終極錦囊，大幅縮短答題時間，三倍提升應考實力！

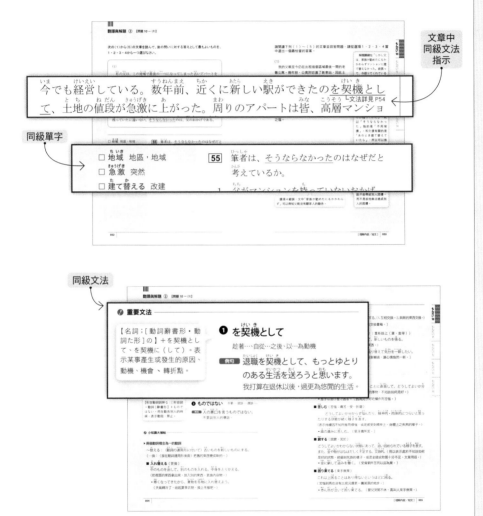

4. 小知識萬花筒，讓您解題更輕鬆，成效卻更好！

　　閱讀文章後附上的「小知識大補帖」，除了傳授解題訣竅及相關單字，另外更精選貼近 N2 程度的時事、生活及文化相關知識，內容豐富多元。絕對讓您更貼近日本文化、更熟悉道地日語，破解閱讀測驗，就像看書報雜誌一樣輕鬆，實力迅速倍增！

小知識

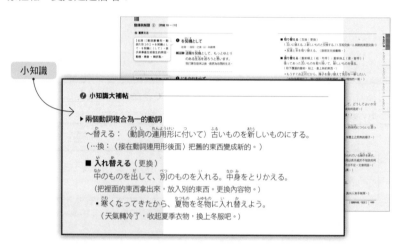

5. 萬用句小專欄，給您一天 24 小時都用得到的句子，閱讀理解力百倍提升！

　　本書收錄了日本人生活中的常用句子，無論是生活、學校、職場都能派上用場！敞開您的閱讀眼界，以後無論遇到什麼主題的文章，都能舉一反三，甚至能舉一反五反十，閱讀理解力百倍提升！

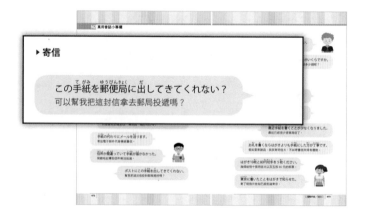

6.「中日對照編排法」學習力三級跳，啟動聰明的腦系統基因，就像換一顆絕對合格腦袋！

　　專業有效的學習內容是成為一本好教材的首要條件，但如何讓好教材被充分吸收，就要靠有系統的編排方式，縮短查詢、翻找等「學習」本身以外的時間。本書突破以往的編排，重新設計，以「題型」分類，將日檢閱讀題型分為「問題十」、「問題十一」、「問題十二」和「問題十三」、「問題十四」五大單元。

　　模擬試題部分獨立開來，設計完全擬真，測驗時可以完全投入，不受答案和解析干擾。翻譯與解題部分以左右頁中日文完全對照方式，左頁的日文文章加上關鍵句提示，右頁對照翻譯與解題，讓您訂正時不必再東翻西找！關鍵句提示＋精確翻譯＋最精闢分析解説＝達到最有效的解題節奏、學習效率大幅提升！

　　別擔心自己不是唸書的料，您只是沒有遇到對的教材，給您好的學習方法！《精修版 - 新制對應絕對合格！日檢必背閱讀 N2》讓您學習力三級跳，啟動聰明的腦系統基因，就像換一顆絕對合格的腦袋！

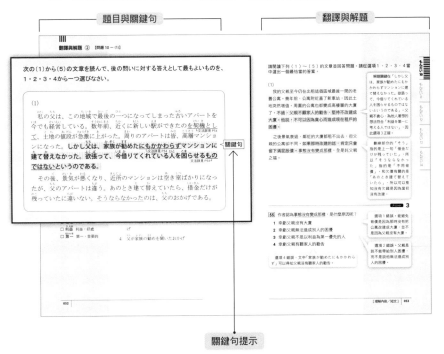

目録
contents

新「日本語能力測驗」概要

JLPT

一、什麼是新日本語能力試驗呢

1. 新制「日語能力測驗」

　　從 2010 年起實施的新制「日語能力測驗」（以下簡稱為新制測驗）。

1－1　實施對象與目的

　　新制測驗與舊制測驗相同，原則上，實施對象為非以日語作為母語者。其目的在於，為廣泛階層的學習與使用日語者舉行測驗，以及認證其日語能力。

1－2　改制的重點

改制的重點有以下四項：

1　測驗解決各種問題所需的語言溝通能力

　　新制測驗重視的是結合日語的相關知識，以及實際活用的日語能力。因此，擬針對以下兩項舉行測驗：一是文字、語彙、文法這三項語言知識；二是活用這些語言知識解決各種溝通問題的能力。

2　由四個級數增為五個級數

　　新制測驗由舊制測驗的四個級數（1 級、2 級、3 級、4 級），增加為五個級數（N1、N2、N3、N4、N5）。新制測驗與舊制測驗的級數對照，如下所示。最大的不同是在舊制測驗的 2 級與 3 級之間，新增了 N3 級數。

N1	難易度比舊制測驗的 1 級稍難。合格基準與舊制測驗幾乎相同。
N2	難易度與舊制測驗的 2 級幾乎相同。
N3	難易度介於舊制測驗的 2 級與 3 級之間。（新增）
N4	難易度與舊制測驗的 3 級幾乎相同。
N5	難易度與舊制測驗的 4 級幾乎相同。

＊「N」代表「Nihongo（日語）」以及「New（新的）」。

3　施行「得分等化」

　　由於在不同時期實施的測驗，其試題均不相同，無論如何慎重出題，每次測驗的難易度總會有或多或少的差異。因此在新制測驗中，導入「等化」的計分方式後，便能將不同時期的測驗分數，於共同量尺上相互比較。因此，無論是在什麼時候接受測驗，只要是相同級數的測驗，其得分均可予以比較。目前全球幾種主要的語言測驗，均廣泛採用這種「得分等化」的計分方式。

4 提供「日本語能力試驗 Can-do 自我評量表」（簡稱 JLPT Can-do）

　　為了瞭解通過各級數測驗者的實際日語能力，新制測驗經過調查後，提供「日本語能力試驗 Can-do 自我評量表」。該表列載通過測驗認證者的實際日語能力範例。希望通過測驗認證者本人以及其他人，皆可藉由該表格，更加具體明瞭測驗成績代表的意義。

1 － 3　所謂「解決各種問題所需的語言溝通能力」

　　我們在生活中會面對各式各樣的「問題」。例如，「看著地圖前往目的地」或是「讀著說明書使用電器用品」等等。種種問題有時需要語言的協助，有時候不需要。

　　為了順利完成需要語言協助的問題，我們必須具備「語言知識」，例如文字、發音、語彙的相關知識、組合語詞成為文章段落的文法知識、判斷串連文句的順序以便清楚說明的知識等等。此外，亦必須能配合當前的問題，擁有實際運用自己所具備的語言知識的能力。

　　舉個例子，我們來想一想關於「聽了氣象預報以後，得知東京明天的天氣」這個課題。想要「知道東京明天的天氣」，必須具備以下的知識：「晴れ（晴天）、くもり（陰天）、雨（雨天）」等代表天氣的語彙；「東京は明日は晴れでしょう（東京明日應是晴天）」的文句結構；還有，也要知道氣象預報的播報順序等。除此以外，尚須能從播報的各地氣象中，分辨出哪一則是東京的天氣。

　　如上所述的「運用包含文字、語彙、文法的語言知識做語言溝通，進而具備解決各種問題所需的語言溝通能力」，在新制測驗中稱為「解決各種問題所需的語言溝通能力」。

　　新制測驗將「解決各種問題所需的語言溝通能力」分成以下「語言知識」、「讀解」、「聽解」等三個項目做測驗。

語言知識	各種問題所需之日語的文字、語彙、文法的相關知識。
讀　　解	運用語言知識以理解文字內容，具備解決各種問題所需的能力。
聽　　解	運用語言知識以理解口語內容，具備解決各種問題所需的能力。

　　作答方式與舊制測驗相同，將多重選項的答案劃記於答案卡上。此外，並沒有直接測驗口語或書寫能力的科目。

2. 認證基準

　　新制測驗共分為 N1、N2、N3、N4、N5 五個級數。最容易的級數為 N5，最困難的級數為 N1。

與舊制測驗最大的不同，在於由四個級數增加為五個級數。以往有許多通過3級認證者常抱怨「遲遲無法取得2級認證」。為因應這種情況，於舊制測驗的2級與3級之間，新增了N3級數。

新制測驗級數的認證基準，如表1的「讀」與「聽」的語言動作所示。該表雖未明載，但應試者也必須具備為表現各語言動作所需的語言知識。

N4與N5主要是測驗應試者在教室習得的基礎日語的理解程度；N1與N2是測驗應試者於現實生活的廣泛情境下，對日語理解程度；至於新增的N3，則是介於N1與N2，以及N4與N5之間的「過渡」級數。關於各級數的「讀」與「聽」的具體題材（內容），請參照表1。

■ 表1 新「日語能力測驗」認證基準

	級數	認證基準 各級數的認證基準，如以下【讀】與【聽】的語言動作所示。各級數亦必須具備為表現各語言動作所需的語言知識。
困難 ＊ ↑	N1	能理解在廣泛情境下所使用的日語 【讀】・可閱讀話題廣泛的報紙社論與評論等論述性較複雜及較抽象的文章，且能理解其文章結構與內容。 ・可閱讀各種話題內容較具深度的讀物，且能理解其脈絡及詳細的表達意涵。 【聽】・在廣泛情境下，可聽懂常速且連貫的對話、新聞報導及講課，且能充分理解話題走向、內容、人物關係、以及說話內容的論述結構等，並確實掌握其大意。
	N2	除日常生活所使用的日語之外，也能大致理解較廣泛情境下的日語 【讀】・可看懂報紙與雜誌所刊載的各類報導、解說、簡易評論等主旨明確的文章。 ・可閱讀一般話題的讀物，並能理解其脈絡及表達意涵。 【聽】・除日常生活情境外，在大部分的情境下，可聽懂接近常速且連貫的對話與新聞報導，亦能理解其話題走向、內容、以及人物關係，並可掌握其大意。
	N3	能大致理解日常生活所使用的日語 【讀】・可看懂與日常生活相關的具體內容的文章。 ・可由報紙標題等，掌握概要的資訊。 ・於日常生活情境下接觸難度稍高的文章，經換個方式敘述，即可理解其大意。 【聽】・在日常生活情境下，面對稍微接近常速且連貫的對話，經彙整談話的具體內容與人物關係等資訊後，即可大致理解。

	N4	能理解基礎日語
		【讀】‧可看懂以基本語彙及漢字描述的貼近日常生活相關話題的文章。
		【聽】‧可大致聽懂速度較慢的日常會話。
＊容易	N5	能大致理解基礎日語
		【讀】‧可看懂以平假名、片假名或一般日常生活使用的基本漢字所書寫的固定詞句、短文、以及文章。
↓		【聽】‧在課堂上或周遭等日常生活中常接觸的情境下，如為速度較慢的簡短對話，可從中聽取必要資訊。

＊ N1 最難，N5 最簡單。

3. 測驗科目

新制測驗的測驗科目與測驗時間如表 2 所示。

■ 表 2　測驗科目與測驗時間 ＊①

級數	測驗科目（測驗時間）			
N1	語言知識（文字、語彙、文法）、讀解（110 分）		聽解（60 分）	測驗科目為「語言知識（文字、語彙、文法）、讀解」；以及「聽解」共 2 科目。
N2	語言知識（文字、語彙、文法）、讀解（105 分）		聽解（50 分）	
N3	語言知識（文字、語彙）（30 分）	語言知識（文法）、讀解（70 分）	聽解（40 分）	測驗科目為「語言知識（文字、語彙）」；「語言知識（文法）、讀解」；以及「聽解」共 3 科目。
N4	語言知識（文字、語彙）（30 分）	語言知識（文法）、讀解（60 分）	聽解（35 分）	
N5	語言知識（文字、語彙）（25 分）	語言知識（文法）、讀解（50 分）	聽解（30 分）	

　　N1 與 N2 的測驗科目為「語言知識（文字、語彙、文法）、讀解」以及「聽解」共 2 科目；N3、N4、N5 的測驗科目為「語言知識（文字、語彙）」、「語言知識（文法）、讀解」、「聽解」共 3 科目。

　　由於 N3、N4、N5 的試題中，包含較少的漢字、語彙、以及文法項目，因此當與 N1、N2 測驗相同的「語言知識（文字、語彙、文法）、讀解」科目時，有時會使某幾道試題成為其他題目的提示。為避免這個情況，因此將「語言知識（文字、語彙、文法）、讀解」，分成「語言知識（文字、語彙）」和「語言知識（文法）、讀解」施測。

＊①：聽解因測驗試題的錄音長度不同，致使測驗時間會有些許差異。

4. 測驗成績

4－1　量尺得分

舊制測驗的得分，答對的題數以「原始得分」呈現；相對的，新制測驗的得分以「量尺得分」呈現。

「量尺得分」是經過「等化」轉換後所得的分數。以下，本手冊將新制測驗的「量尺得分」，簡稱為「得分」。

4－2　測驗成績的呈現

新制測驗的測驗成績，如表3的計分科目所示。N1、N2、N3的計分科目分為「語言知識（文字、語彙、文法）」、「讀解」、以及「聽解」3項；N4、N5的計分科目分為「語言知識（文字、語彙、文法）、讀解」以及「聽解」2項。

會將N4、N5的「語言知識（文字、語彙、文法）」和「讀解」合併成一項，是因為在學習日語的基礎階段，「語言知識」與「讀解」方面的重疊性高，所以將「語言知識」與「讀解」合併計分，比較符合學習者於該階段的日語能力特徵。

■ 表3　各級數的計分科目及得分範圍

級數	計分科目	得分範圍
N1	語言知識（文字、語彙、文法） 讀解 聽解	0 ～ 60 0 ～ 60 0 ～ 60
	總分	0 ～ 180
N2	語言知識（文字、語彙、文法） 讀解 聽解	0 ～ 60 0 ～ 60 0 ～ 60
	總分	0 ～ 180
N3	語言知識（文字、語彙、文法） 讀解 聽解	0 ～ 60 0 ～ 60 0 ～ 60
	總分	0 ～ 180
N4	語言知識（文字、語彙、文法）、讀解 聽解	0 ～ 120 0 ～ 60
	總分	0 ～ 180
N5	語言知識（文字、語彙、文法）、讀解 聽解	0 ～ 120 0 ～ 60
	總分	0 ～ 180

各級數的得分範圍，如表 3 所示。N1、N2、N3 的「語言知識（文字、語彙、文法）」、「讀解」、「聽解」的得分範圍各為 0～60 分，三項合計的總分範圍是 0～180 分。「語言知識（文字、語彙、文法）」、「讀解」、「聽解」各占總分的比例是 1：1：1。

N4、N5 的「語言知識（文字、語彙、文法）、讀解」的得分範圍為 0～120 分，「聽解」的得分範圍為 0～60 分，二項合計的總分範圍是 0～180 分。「語言知識（文字、語彙、文法）、讀解」與「聽解」各占總分的比例是 2：1。還有，「語言知識（文字、語彙、文法）、讀解」的得分，不能拆解成「語言知識（文字、語彙、文法）」與「讀解」二項。

除此之外，在所有的級數中，「聽解」均占總分的三分之一，較舊制測驗的四分之一為高。

4－3 合格基準

舊制測驗是以總分作為合格基準；相對的，新制測驗是以總分與分項成績的門檻二者作為合格基準。所謂的門檻，是指各分項成績至少必須高於該分數。假如有一科分項成績未達門檻，無論總分有多高，都不合格。

新制測驗設定各分項成績門檻的目的，在於綜合評定學習者的日語能力，須符合以下二項條件才能判定為合格：①總分達合格分數（＝通過標準）以上；②各分項成績達各分項合格分數（＝通過門檻）以上。如有一科分項成績未達門檻，無論總分多高，也會判定為不合格。

N1～N3 及 N4、N5 之分項成績有所不同，各級總分通過標準及各分項成績通過門檻如下所示：

級數	總分		分項成績					
			言語知識（文字・語彙・文法）		讀解		聽解	
	得分範圍	通過標準	得分範圍	通過門檻	得分範圍	通過門檻	得分範圍	通過門檻
N1	0～180分	100分	0～60分	19分	0～60分	19分	0～60分	19分
N2	0～180分	90分	0～60分	19分	0～60分	19分	0～60分	19分
N3	0～180分	95分	0～60分	19分	0～60分	19分	0～60分	19分

級數	總分		分項成績			
			言語知識（文字・語彙・文法）・讀解		聽解	
	得分範圍	通過標準	得分範圍	通過門檻	得分範圍	通過門檻
N4	0～180分	90分	0～120分	38分	0～60分	19分
N5	0～180分	80分	0～120分	38分	0～60分	19分

※ 上列通過標準自 2010 年第 1 回 (7 月)【N4、N5 為 2010 年第 2 回 (12 月)】起適用。

缺考其中任一測驗科目者，即判定為不合格。寄發「合否結果通知書」時，含已應考之測驗科目在內，成績均不計分亦不告知。

4－4　測驗結果通知

依級數判定是否合格後，寄發「合否結果通知書」予應試者；合格者同時寄發「日本語能力認定書」。

■ N1, N2, N3

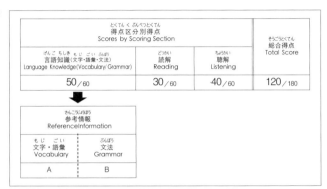

■ N4, N5

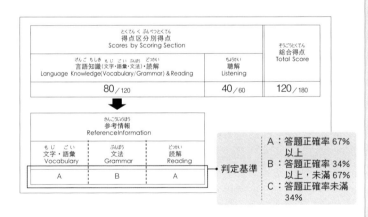

※ 各節測驗如有一節缺考就不予計分，即判定為不合格。雖會寄發「合否結果通知書」但所有分項成績，含已出席科目在內，均不予計分。各欄成績以「＊」表示，如「＊＊／60」。
※ 所有科目皆缺席者，不寄發「合否結果通知書」。

N2 題型分析

測驗科目 (測驗時間)			試題內容		
			題型	小題 題數 ＊	分析
語言知識、讀解 (105分)	文字、語彙	1	漢字讀音	◇ 5	測驗漢字語彙的讀音。
		2	假名漢字寫法	◇ 5	測驗平假名語彙的漢字寫法。
		3	複合語彙	◇ 5	測驗關於衍生語彙及複合語彙的知識。
		4	選擇文脈語彙	○ 7	測驗根據文脈選擇適切語彙。
		5	替換類義詞	○ 5	測驗根據試題的語彙或說法，選擇類義詞或類義說法。
		6	語彙用法	○ 5	測驗試題的語彙在文句裡的用法。
	文法	7	文句的文法1 （文法形式判斷）	○ 12	測驗辨別哪種文法形式符合文句內容。
		8	文句的文法2 （文句組構）	◆ 5	測驗是否能夠組織文法正確且文義通順的句子。
		9	文章段落的文法	◆ 5	測驗辨別該文句有無符合文脈。
	讀解＊	10	理解內容 （短文）	○ 5	於讀完包含生活與工作之各種題材的說明文或指示文等，約200字左右的文章段落之後，測驗是否能夠理解其內容。
		11	理解內容 （中文）	○ 9	於讀完包含內容較為平易的評論、解說、散文等，約500字左右的文章段落之後，測驗是否能夠理解其因果關係或理由、概要或作者的想法等等。
		12	綜合理解	◆ 2	於讀完幾段文章（合計600字左右）之後，測驗是否能夠將之綜合比較並且理解其內容。
		13	理解想法 （長文）	◇ 3	於讀完論理展開較為明快的評論等，約900字左右的文章段落之後，測驗是否能夠掌握全文欲表達的想法或意見。

讀解 *	14	釐整資訊	◆	2	測驗是否能夠從廣告、傳單、提供訊息的各類雜誌、商業文書等資訊題材（700字左右）中，找出所需的訊息。
聽解 (50分)	1	課題理解	◇	5	於聽取完整的會話段落之後，測驗是否能夠理解其內容（於聽完解決問題所需的具體訊息之後，測驗是否能夠理解應當採取的下一個適切步驟）。
	2	要點理解	◇	6	於聽取完整的會話段落之後，測驗是否能夠理解其內容（依據剛才已聽過的提示，測驗是否能夠抓住應當聽取的重點）。
	3	概要理解	◇	5	於聽取完整的會話段落之後，測驗是否能夠理解其內容（測驗是否能夠從整段會話中理解說話者的用意與想法）。
	4	即時應答	◆	12	於聽完簡短的詢問之後，測驗是否能夠選擇適切的應答。
	5	綜合理解	◇	4	於聽完較長的會話段落之後，測驗是否能夠將之綜合比較並且理解其內容。

＊「小題題數」為每次測驗的約略題數，與實際測驗時的題數可能未盡相同。此外，亦有可能會變更小題題數。

＊有時在「讀解」科目中，同一段文章可能會有數道小題。

＊符號標示：「◆」舊制測驗沒有出現過的嶄新題型；「◇」沿襲舊制測驗的題型，但是更動部分形式；「○」與舊制測驗一樣的題型。

資料來源：《日本語能力試驗JLPT官方網站：分項成績‧合格判定‧合否結果通知》。2016年1月11日，取自：http://www.jlpt.jp/tw/guideline/results.html

Memo

理解內容／短文

考前要注意的事

▶ 作答流程 & 答題技巧

閱讀說明	先仔細閱讀考題説明

閱讀問題與內容	預估有 5 題

1 考試時建議先看提問及選項，再看文章。

2 閱讀的目標是從各種題材中得到自己要的訊息。因此，新制考試的閱讀考點就是「從什麼題材」和「得到什麼訊息」這兩點。

3 提問一般用「筆者にとって〜とは何か」（對作者而言〜是什麼？）、「筆者はなぜそう思ったのか」（作者為何那麼想？）的表達方式。

4 文章中常出現慣用語及諺語。也會出現同一個意思，改用不同詞彙的作答方式。

答題	選出正確答案

次の（1）から（5）の文章を読んで、後の問いに対する答えとして最も良いものを1・2・3・4から一つ選びなさい。

（1）

　日本では、　伝統的に「謙譲（注1）の美徳」が重視される。たとえば、人に何か贈るのに「つまらないものですが」と言う。客に料理を出すに際しては「何もありませんが」と言う。しかし、こう言ったからといって謙虚な人だとは限らない。むしろ、「こういうときはこう言うものだ」という知識による言葉にすぎないことが多い。

　このごろ、これらの言葉が聞かれなくなってきたのは、人々が表面的な謙譲を空虚（注2）だと感じるようになってきたからだろう。本心から出てこそ、こういう言葉は価値があるのだ。

（注1）謙譲：「謙虚」とほぼ同じ意味
（注2）空虚：中身がないこと

55　筆者は、「謙譲の美徳」をどのように考えているか。

1　「つまらないものですが」や「何もありませんが」といった言葉は空虚でくだらない。

2　このごろ、「謙譲の美徳」のある人が減りつつある。

3　日本人は「謙譲の美徳」を前ほど重視しなくなってきた。

4　謙虚な言葉は、謙虚な心から発せられたときにこそ意味がある。

(2)

以下は、黄さんが仕事で出したメールの内容である。

本社　営業部
鈴木様

いつもお世話になっております。
このたびの台湾ご出張スケジュールは、以下のように考えて
おります。

15日　午後3時　ご到着（私が空港までお迎えに参りま
　　　　　　　　　　す）台湾支店へ

16日　午前10時　工場見学

　　　　　午後　　　会議

　　　　　夜　　　　歓迎会

17日　　午前　　　台北市内観光（ご希望の場所がありま
　　　　　　　　　　したらご連絡ください）

　　　　　午後2時　ご帰国（私が空港までお送りいたします）

お気づきの点がありましたら、どうぞご指摘ください。
私ども一同、心よりお待ち申し上げております。

台湾支店　総務部
黄永輝

---

56 このメールの内容について、正しいものはどれか。

1　鈴木さんは生産現場へは行かない。

2　黄さんは空港まで2往復する。

3　鈴木さんと黄さんは違う会社の人である。

4　スケジュールは黄さんが決める。

(3)

　説教（注1）を効果的にしようと思うなら、短くすることを工夫しなくてはならない。自分が絶対に言いたいことに焦点を絞る、繰り返し同じことを言わない、と心に決めておく。そうすると、説教をされる側としては、また始まるぞ、どうせ長くなるのだろう、と思っているときに、ぱっと終わってしまうのでよい印象を受け、焦点の絞られた話にインパクト（注2）を受ける。もっとも、こうなると「説教」というものではなくなっている、と言うべきかもしれない。

（河合隼雄『こころの処方箋』新潮文庫による）

（注1）説教：教育、指導のために話して聞かせること
（注2）インパクト：印象

57 筆者がここで最も言いたいことは何か。

1 説教は、本当に相手に伝えたい要点だけを話すほうがよい。

2 説教は、話の長さに関係なく、相手にインパクトを与えることが重要である。

3 説教は、説教をされる側に、また始まるぞ、と思わせなければいけない。

4 説教は、よい印象を与えるためにするものであり、工夫が求められる。

（4）

　最近では、めっきり手書きで書く機会が少なくなってきました。プライベート（注1）の約束や仕事の打ち合わせでも、もっぱら（注2）メールが使用されています。

　しかし、逆に考えれば、手紙の価値は上がっているといえます。メール全盛時代にあえて（注3）手紙を利用することによって、他人と差をつける（注4）ことが可能なのです。とくにお礼状などは手紙を出すのが自然であり、非常に効果的なツール（注5）になります。

（川辺秀美『22歳からの国語力』講談社現代新書による）

（注1）プライベート：個人的な
（注2）もっぱら：ある一つのことに集中するようす
（注3）あえて：やりにくいことを特別にやるようす
（注4）差をつける：違いを生み出す
（注5）ツール：道具

58 筆者は、手紙を書くことをどのように考えているか。

1　手紙の価値が上がっているので、何でも手紙で出すべきだ。

2　メールを使うことができない人というマイナスの印象を与えることになる。

3　他人と差をつけるために、お礼状なども手紙ではなく、メールで出すほうがよい。

4　時と場合に応じて手紙を効果的に活用するべきだ。

(5)

　私たちが生きているのは「今、ここ」以外のなにものでもない。オーケストラの人たちも聴衆も、同じ時間と空間で息をしている。そこで起こることはいつも未知（注1）であり、起こったことは瞬く間（注2）に過ぎ去る。再び帰ってはこないし、戻ることはできない。ただ一度きり。それがライブ（注3）だ。

　コンサートは、消えていく。その事実に呆然とする（注4）。どうしようもないと分かっていてもなお、悲しい。だが、その儚さ（注5）もまた音楽の本質の一つではないだろうか。それはＣＤが発明された後も変わらない。

（茂木健一郎『全ては音楽から生まれる』ＰＨＰ新書による）

（注1）未知：まだ知らないことや知られていないこと
（注2）瞬く間：一瞬
（注3）ライブ：音楽や劇などをその場でやること
（注4）呆然とする：ショックで何もできなくなる
（注5）儚さ：短い時間で消えて無くなること

59 筆者がここで最も言いたいことは何か。

1　ＣＤが発明されてから、誰でも好きなときに音楽を聴けるようになった。

2　オーケストラで演奏された音楽は再び聴くことはできない。

3　ライブの音楽は一度きりのものだが、それもまた音楽の本質である。

4　二度と聴くことができないライブには、悲しい思いだけが残る。

翻譯與解題 ① 【問題 10 － (1)】

次の(1)から(5)の文章を読んで、後の問いに対する答えとして最も良いものを1・2・3・4から一つ選びなさい。

---

(1)

日本では、伝統的に「謙譲（注1）の美徳」が重視される。たとえば、人に何か贈るのに「つまらないものですが」と言う。客に料理を出すに際しては「何もありませんが」と言う。しかし、こう言ったからといって謙虚な人だとは限らない。むしろ、「こういうときはこう言うものだ」という知識による言葉にすぎないことが多い。

このごろ、これらの言葉が聞かれなくなってきたのは、人々が表面的な謙譲を空虚（注2）だと感じるようになってきたからだろう。**本心** ←関鍵句 **から出てこそ、こういう言葉は価値があるのだ。**

（注1）謙譲：「謙虚」とほぼ同じ意味
（注2）空虚：中身がないこと

□ **伝統** 傳統
□ **謙譲** 謙讓，謙虚
□ **美徳** 美德
□ **重視** 重視，認為重要
□ **謙虚** 謙虚，謙遜
□ **むしろ** 與其…倒不如
□ **空虚** 空虚；沒有價值
□ **本心** 真心
□ **発する** 發散，展現

55 筆者は、「謙譲の美徳」をどのように考えているか。

1 「つまらないものですが」や「何もありませんが」といった言葉は空虚でくだらない。

2 このごろ、「謙譲の美徳」のある人が減りつつある。

3 日本人は「謙譲の美徳」を前ほど重視しなくなってきた。

4 謙虚な言葉は、謙虚な心から発せられたときにこそ意味がある。

請閱讀下列（１）～（５）的文章並回答問題。請從選項１‧２‧３‧４當中選出一個最恰當的答案。

（1）

在日本，傳統上很重視「謙讓（注1）的美德」。比如説，送東西給別人時會説「一點小禮不成敬意」。端菜給客人吃時會説「沒什麼好招待的」。不過，即使嘴巴上這麼説，也不能代表他就是謙虛的人。絕大部分的時候，這些話甚至只是從「這種時候就該這麼説」的知識而來的。

近來之所以越來越少聽到這些話，是因為人們逐漸覺得表面上的謙讓很空虛（注2）吧？唯有發自內心，這些言語才真正具有價值。

（注１）謙讓：意思幾乎等同於「謙虛」

（注２）空虛：沒有實際內容

> 像這種詢問看法、意見的題目，為了節省時間，建議用刪去法解題。

> 選項4對應「本心から出てこそ、こういう言葉は価値があるのだ」。因此正確答案是選項4。

Answer **4**

55 作者如何看待「謙讓的美德」呢？

1 「一點小禮不成敬意」和「沒什麼好招待的」，這些話既空虛又沒意義。

2 近來，擁有「謙讓的美德」的人正在減少當中。

3 日本人越來越不像之前那樣重視「謙讓的美德」。

4 謙虛的言語只有當發自謙虛的心時才具有意義。

> 選項１不正確。文中提到「空虛」的部分是表示人們説這些話只是做表面，這種行為很空虛，並不是説這些話本身既空虛又沒意義。

> 選項2的「このごろ」是陷阱，對應「このごろ、これらの言葉が聞かれなくなってきた」，逐漸減少的是聽到這些謙虛話的次數，不是具有謙讓美德的人。所以選項2不正確。

> 選項3不正確。文章唯一提到的改變只有「これらの言葉が聞かれなくなってきた」，大家現在比較少講謙虛話了，因為人們逐漸覺得表面上的謙讓很空虛，並不是大家越來越不重視謙讓的美德。

||||

翻譯與解題 ① 【問題 10 － (1)】

✐ 重要文法

【名詞；動詞辭書形】＋に際し（て／ては／ての）。表示以某事為契機，也就是動作的時間或場合。

❶ に際して　在…之際、當…的時候

例句 試験に際して、携帯電話の電源は切ってください。

考試的時候，請把手機電源關掉。

【［名詞・形容動詞詞幹］だ；［形容詞・動詞］普通形】＋からといって。表示不能僅僅因為前面這一點理由，就做後面的動作。後面接否定的説法。

❷ からといって

（不能）僅因…就…、即使…、也不能…；説是（因為）

例句 誰も見ていないからといって、勝手に持っていってはだめですよ。

即使沒人看到，也不能想拿就拿走啊！

【［名詞・形容詞・形容動詞・動詞］普通形】＋とは限らない。表示事情不是絕對如此，也是有例外或是其他可能性。

❸ とは限らない　也不一定…、未必…

例句 アメリカに住んでいたからといって、英語がうまいとは限らない。

雖説是曾住在美國，但英文也不一定流利。

【形容動詞詞幹な；［形容詞・動詞］辭書形】＋ものだ。表示理所當然，一般社會習慣、風俗、常識、規範等理應如此。

❹ ものだ

以前…、…就是…；本來就該…、應該…

例句 自分のことは自分でするものだ。

自己的事情應該自己做。

❺ にすぎない

只是…、只不過…、不過是…而已、僅僅是…

例句 答えを知っていたのではなく、勘で言ったにすぎません。

我不是知道答案，只不過是憑直覺回答而已。

【名詞；形容動詞詞幹である；[形容詞・動詞]普通形】＋にすぎない。表示程度有限，有這並不重要的消極評價語氣。

❻ つつある　　正在…

例句 プロジェクトは、新しい段階に入りつつあります。

企劃正往新的階段進行中。

【動詞ます形】＋つつある。接繼續動詞後面，表示某一動作或作用正向著某一方向持續發展。

✐ 小知識大補帖

▶對義詞

增減

增　加	減　少
ぞうだい 増大（增大）	げんしょう 減少（減少）
ぞうか 増加（增加）	げんしょう 減少（減少）
げきぞう 激増（激增）	げきげん 激減（銳減）
きゅうぞう 急増（突然增加）	きゅうげん 急減（突然減少）
ばいぞう 倍増（倍增）	はんげん 半減（減半）
ぞうりょう 増量（增量）	げんりょう 減量（減量）
ぞうぜい 増税（增稅）	げんぜい 減税（減稅）
ぞうがく 増額（增額）	げんがく 減額（減額）
かそく 加速（加速）	げんそく 減速（減速）

其他「增減」動詞的介紹

增　加	減　少
た 足す（加上、增加）	ひ 引く（減去）
つ くわ 付け加える（添加）	けず 削る（削減）
つ た 付け足す（追加）	さくげん 削減（削去、減去）
ふ 増やす（增加）	へ 減らす（減去）
ついか 追加（追加）	さくじょ 削除（消除）
	のぞ 除く（刪除）
	と のぞ 取り除く（除去）

「增減」相關的「自動詞 vs 他動詞」

（が）自動詞	（を）他動詞
ふ 増える（增加）	ふ 増やす（使…增加）
くわ 加わる（加…）	くわ 加える（添加）
へ 減る（減少）	へ 減らす（使…減少）

（2）

以下は、黄さんが仕事で出したメールの内容である。

本社　営業部
鈴木様
いつもお世話になっております。└文法詳見 P32
このたびの台湾ご出張スケジュールは、以下の
ように考えております。

| 15日 | 午後3時 | ご到着（私が空港までお迎えに参ります）台湾支店へ ◁關鍵句 |

16日	午前10時	工場見学
	午後	会議
	夜	歓迎会

| 17日 | 午前 | 台北市内観光（ご希望の場所がありましたらご連絡ください） |
| | 午後2時 | ご帰国（私が空港までお送りいたします） ◁關鍵句 |

お気づきの点がありましたら、どうぞご指摘ください。
私ども一同、心よりお待ち申し上げております。

台湾支店　総務部
黄永輝

左欄詞彙：

□ このたび 這次・這回
□ 台北 NHK發音為「たいほく」，但一般大眾唸法傾向於「タイペイ」
□ お気づき（向對方表示禮貌恭敬）察覺
□ 指摘 指正；揭示
□ ども（接於第一人稱後）表示自謙
□ 一同 全體，大家
□ 心より 衷心地
□ 総務 總務
□ 現場 現場

---

56 このメールの内容について、正しいものはどれか。

1 鈴木さんは生産現場へは行かない。

2 黄さんは空港まで2往復する。

3 鈴木さんと黄さんは違う会社の人である。

4 スケジュールは黄さんが決める。

(2)
以下是黃先生在工作上發送出去的電子郵件內文。

> 總公司　營業部
> 鈴木先生
>
> 一直以來都承蒙您的照顧了。
> 這次您到台灣出差的行程規劃如下。
>
> | 5日 | 下午3點 | 抵達（我會到機場接您）前往台灣分店 |
> |---|---|---|
> | 6日 | 上午10點 | 參觀工廠 |
> | | 下午 | 會議 |
> | | 晚上 | 歡迎會 |
> | 17日 | 上午 | 台北市內觀光（若您有想去的地點請聯絡我） |
> | | 下午2點 | 回國（我會送您到機場） |
>
> 若您有發現不妥之處，敬請指正。
> 我們全體衷心地歡迎您的到來。
>
> 台灣分公司　總務部
> 黃永輝

遇到「正しいものはどれか」或是「正しくないものはどれか」這種題型，建議用刪去法作答。先抓出四個選項的重點，再回到原文一一對照。

從電子郵件的開頭稱謂可知鈴木先生是「本社　營業部」的人，而黃先生最後的署名可以看出他隸屬於「台湾支店　総務部」。「支店」隸屬於「本社」，可見這兩個人是同一間公司的員工，只是地區、層級和部門不同而已。所以選項3不正確。

Answer **2**

56 關於這封電子郵件的內容，下列何者正確？

1　鈴木先生不會去生產現場。
2　黃先生要來回機場兩次。
3　鈴木先生和黃先生是不同公司的人。
4　行程是由黃先生決定的。

選項1「生產現場」對應「工場見学」（參觀工廠）。鈴木先生當天會去生產現場參觀，所以選項1不正確。

「お気づきの点がありましたら、どうぞご指摘ください」暗示鈴木先生有權對行程表示意見，日程不是黃先生說了算，選項4不正確。

選項2正確。接機再加上送機，所以「2往復」（來回兩次）是對的。「往復」前面加上數字，表示往返的次數。

重要文法

【動詞て形】＋おる。是「ている」的鄭重語或自謙語。

❶ ておる　　正在……著

例句 またあなたにお会いできるのを楽しみにしております。

盼望著能見到你。

小知識大補帖

▶ 電子郵件通知信常用表達句

開頭與結束	常用表達
通知的表達	〜の件で、お知らせします。 （關於…事宜，謹此通知。）
	〜の件で、ご連絡いたします。 （關於…事宜，謹此聯絡。）
	〜の件は、次のように決まりました。 （關於…事宜，謹做出以下決定。）
	〜のお知らせです。 （…事宜通知。）
	〜することになりました。 （謹訂為…。）
諮詢處	ご不明な点は、山田まで。 （如有不明之處，請與山田聯繫。）
	何かありましたら、山田まで。 （如需幫忙之處，請與山田聯繫。）
	本件に関するお問い合わせは山田まで。 （洽詢本案相關事宜，請與山田聯繫。）
	何かご質問がありましたら、山田までメールでお願いします。 （如有任何疑問，請以郵件與山田聯繫。）
	この件についてのお問い合わせは山田まで。 （諮詢本案相關事宜，請與山田聯繫。）

通知的結束語	まずは、お知らせまで。 （暫先敬知如上。）
	取り急ぎ、ご連絡まで。 （草率書此，聯絡如上。）
	それでは当日お会いできることを楽しみにしております。 （那麼，期待當天與您會面。）
	では、25日に。 （那麼，25日見。）
	では、また。 （那麼，再會。）
	以上、よろしくお願い申し上げます。 （以上，敬請惠賜指教。）

---

(3)

　説教（注1）を効果的にしようと思うなら、短くすることを工夫しなくてはならない。**自分が絶対に言いたいことに焦点を絞る、繰り返し同じことを言わない、と心に決めておく。** そうすると、説教をされる側としては、また始まるぞ、どうせ長くなるのだろう、と思っているときに、ぱっと終わってしまうのでよい印象を受け、焦点の絞られた話にインパクト（注2）を受ける。もっとも、こうなると「説教」というものではなくなっている、と言うべきかもしれない。

└文法詳見 P36

（河合隼雄『こころの処方箋』新潮文庫による）

（注1）説教：教育、指導のために話して聞かせること
（注2）インパクト：印象

關鍵句

□ 説教　説教；教誨
□ 焦点　焦點；中心
□ 絞る　集中；擰擠
□ 繰り返し　重覆，反覆
□ どうせ　反正，終歸
□ インパクト【impact】
　衝撃，強烈影響
□ もっとも　不過；話雖如此
□ 指導　指導，教導
□ 要点　重點，要點

57　筆者がここで最も言いたいことは何か。

1　説教は、本当に相手に伝えたい要点だけを話すほうがよい。

2　説教は、話の長さに関係なく、相手にインパクトを与えることが重要である。

3　説教は、説教をされる側に、また始まるぞ、と思わせなければいけない。

4　説教は、よい印象を与えるためにするものであり、工夫が求められる。

(3)

　　若想要説教（注1）具有效果，就不得不設法説得短一點。把焦點放在自己很想説的事物，下定決心不重複説一樣的東西。這樣的話，被説教的人正想説：「又開始了，肯定又會講很久」時，突然一下子就結束，因此有了好印象，並從抓到重點的一番話中受到衝擊影響（注2）。不過，我們或許應該説，如此一來「説教」就不是説教了。

（選自河合隼雄『心靈處方籤』新潮文庫）

（注1）説教：為了教育、指導而説話給人聽
（注2）衝擊影響：印象

　　文章主旨是説明最有效的説教方法，也就是「自分が絶対に言いたいことに焦点を絞る、繰り返し同じことを言わない、と心に決めておく」。最接近這點的是選項1，「本当に相手に伝えたい要点だけを話す」對應原文的「自分が絶対に言いたいことに焦点を絞る」。

Answer 1

57 作者在此最想表達的是什麼呢？

1 説教最好是只説出想傳達給對方的重點。
2 説教無關內容長短，重要的是要帶給對方衝擊影響。
3 説教必須讓被説教的人想説「又開始了」。
4 説教是為了帶給對方好印象的行為，力求竅門。

　　選項4錯在「よい印象を与えるためにする」。文章中提到「よい印象」的地方只有「ぱっと終わってしまうのでよい印象を受け」，指的是説教如果簡短地結束會帶來好印象，這只是一種結果而已，並不是為了得到好印象才要説教。

　　選項2不正確。文章提到説教要有效果，就必須長話短説，所以內容長短必須控制。文章中也提到，抓到重點的一番話可以為聽者帶來衝擊，並不是要以「帶來衝擊」為説教的重點。

　　選項3是指被訓話的人一開始通常都會有「又要開始了」這種不耐煩的感覺，並非要讀者在説教時帶給對方這種感覺。選項3不正確。

翻譯與解題 ① 【問題 10 － (3)】

❷ 重要文法

【動詞辭書形】＋べき。表示那樣做是應該的、正確的。常用在勸告、禁止及命令的場合。

❶ べき 必須…、應當…

例句 女性社員も、男性社員と同様に扱うべきだ。

女職員跟男職員應該平等對待。

❷ 小知識大補帖

▶ 和心有關的慣用句

慣 用 句	意思、意義
心が乱れる	心亂如麻
心に浮かぶ	想起
心に描く	描繪在心；想像
心に刻む	銘記在心
心に留める	記在心上
心に残る	難以忘懷
心にもない	不是真心的
心行くまで	盡情地
心を痛める	痛心
心を入れ替える	洗心革面
心を動かす	使…感動
心を打つ	打動人心
心を移す	變心
心を躍らせる	心情雀躍
心を鬼にする	狠著心
心を傾ける	全神貫注

心を砕く	十分擔心；嘔心瀝血
心を込める	誠心
心を騒がす	擾亂心靈
心を澄ます	心無雜念；冷靜思考
心を尽くす	盡心
心を残す	留戀
心を引かれる	引人入迷
心を乱す	心煩意亂
心を許す	由衷地信賴
心を寄せる	寄予愛慕

翻譯與解題 ① 【問題 10 － (4)】

---

(4)

　最近では、めっきり手書きで書く機会が少なくなってきました。プライベート（注1）の約束や仕事の打ち合わせでも、もっぱら（注2）メールが使用されています。

　しかし、逆に考えれば、手紙の価値は上がっているといえます。メール全盛時代にあえて（注3）手紙を利用することによって、他人と差をつける（注4）ことが可能なのです。**とくにお礼状などは手紙を出すのが自然であり、非常に効果的なツール（注5）になります。** ◁ 關鍵句

（川辺秀美『22歳からの国語力』講談社現代新書による）

（注1）プライベート：個人的な
（注2）もっぱら：ある一つのことに集中するようす
（注3）あえて：やりにくいことを特別にやるようす
（注4）差をつける：違いを生み出す
（注5）ツール：道具

□ めっきり　明顯地‧顯著地
□ 手書き　手寫
□ プライベート【private】
　私人的，非公開的
□ 打ち合わせ　事先商量
□ もっぱら　主要
□ 全盛　全盛，極盛
□ あえて　反倒
□ 礼状　謝函
□ ツール【tool】　工具
□ マイナス【minus】　負面

58 筆者は、手紙を書くことをどのように考えているか。

1　手紙の価値が上がっているので、何でも手紙で出すべきだ。

2　メールを使うことができない人というマイナスの印象を与えることになる。

3　他人と差をつけるために、お礼状なども手紙ではなく、メールで出すほうがよい。

4　時と場合に応じて手紙を効果的に活用するべきだ。
└文法詳見 P40

038

(4)

　　最近手寫的機會明顯地減少。不管是在私人（注1）邀約還是洽公，主要（注2）都是使用電子郵件。

　　然而，換個角度想，我們可以說書信的價值提高了。在電子郵件的全盛期當中反倒（注3）使用書信，藉此可以和他人分出高下（注4）。特別是謝函等等，用書信寄出才顯得自然，也成為非常有效果的工具（注5）。

（選自川邊秀美『從 22 歲開始的國語能力』講談社現代新書）

（注1）私人：個人的
（注2）主要：集中於某件事物的樣子
（注3）反倒：特別去處理難做事物的樣子
（注4）分出高下：產生差別
（注5）工具：道具

> 文中的「とくに」暗示還有其他的情況，只是從其中舉出一個最具代表性的例子。由此可知還有很多場合可以用書信。這點呼應選項4，表示書信要應時應地活用。正確答案是選項4。

Answer　4

58 作者如何看待寫信這件事呢？

1 書信的價值提高，所以任何信件應該都要用書信寄出。
2 會給人「不會使用電子郵件的人」這種負面印象。
3 為了和他人分出高下，謝函等也最好不要用書信，而是用電子郵件寄出。
4 應該要順應情況和場合來有效地活用書信。

> 選項1不正確。「何でも」的意思是「不管什麼都要」，也就是說樣樣都一定要親筆寫信，不過作者沒有這麼建議大家。

> 從文中可知在這個以電子郵件為主的時代，如果親筆寫信反而與眾不同。所以書信具有正面的印象，選項2不正確。

> 選項3不正確，文中提到親筆寫信才能和他人有所區隔，而且親筆寫的謝函才顯得自然，也能達到表示謝意的效果。所以選項3說要用電子郵件才能和他人分出高下是不正確的。

翻譯與解題 ① 【問題 10 － (4)】

❷ 重要文法

【名詞】＋に応じて。表示
按照、根據。前項作為依
據，後項根據前項的情況
而發生變化。

❶ に応じて 根據…、按照…、隨著…

例句 選手の水準に応じて、トレーニ
ングをやらせる。

根據選手的程度，做適當的訓練。

❷ 小知識大補帖

▶ 電子郵件的寫法

主　題	各　種　説　法
主旨	商品Ｂの企画案について。 （關於商品Ｂ之企畫案。）
	忘年会のご案内。 （尾牙內容説明。）
	人事異動のお知らせ。 （人事異動通知。）
	本日より出社いたしました。 （從今天開始上班。）
	納品が遅れて申し訳ございません。 （延遲出貨，萬分抱歉。）
致送單位	株式会社〇〇　〇〇部　御中 （〇〇股份有限公司　〇〇部　鈞鑒）
	株式会社〇〇　〇〇部　〇〇課　〇〇　〇〇様 （敬致　〇〇股份有限公司　〇〇部　〇〇課　〇〇　〇〇先生 / 小姐）

開頭語	お忙しいところ、失礼いたします。 （正值忙碌之時，非常抱歉。）
	初めてご連絡させていただきます。 （初次與　台端聯繫。）
	突然のメールで恐れ入ります。 （冒昧致信，尚乞海涵。）
	いつもお世話になっております。 （平素惠蒙多方關照。）
	平素より弊社商品をご愛顧いただきありがとうございます。 （平素惠蒙愛顧敝公司商品，敬表衷心感謝。）
結束語之一般性商務寒暄	では、失礼いたします。 （恕不多寫。）
	まずは納期遅延の承諾まで。 （予以同意延遲交貨。）
	では、よろしくお願いいたします。 （萬事拜託。）
	長文メールにて、失礼いたします。 （函文冗長，十分抱歉。）
	最後に、貴社の一層のご発展を祈念いたしております。 （最後，衷心盼望　貴公司日益興隆。）
要求對方回覆及立即回覆	お返事をお待ちしております。 （靜待佳音。）
	取り急ぎ、お返事まで。 （速急回覆如上。）
	取り急ぎ、ご報告のみにて失礼いたします。 （速急稟告，恕略縟節。）
	まずは取り急ぎお詫びまで。 （臨書倉促，竭誠致歉。）

(5)

　私たちが生きているのは「今、ここ」以外のなにものでもない。オーケストラの人たちも聴衆も、同じ時間と空間で息をしている。そこで起こることはいつも未知 (注1) であり、起こったことは瞬く間 (注2) に過ぎ去る。再び帰ってはこないし、戻ることはできない。**ただ一度** ◁ 關鍵句
きり。それがライブ (注3) **だ。**
└文法詳見 P44

　コンサートは、消えていく。その事実に呆然とする (注4) 。どうしようもないと分かっていてもなお、悲しい。**だが、その儚さ** (注5) **も** ◁ 關鍵句
また音楽の本質の一つではないだろうか。それはＣＤが発明された後も変わらない。

（茂木健一郎『全ては音楽から生まれる』ＰＨＰ新書による）

（注１）未知：まだ知らないことや知られていないこと
（注２）瞬く間：一瞬
（注３）ライブ：音楽や劇などをその場でやること
（注４）呆然とする：ショックで何もできなくなる
（注５）儚さ：短い時間で消えて無くなること

□ オーケストラ【orchestra】
　交響樂團
□ 聴衆　聽眾，聽者
□ 息をしている　呼吸
□ 未知　未知，尚未知道
□ 瞬く間　轉眼間，瞬間
□ 過ぎ去る　過去，消逝
□ 再び　再度，再次
□ 呆然と　呆然，茫然
□ なお　還，仍然
□ 儚さ　虛幻無常
□ 本質　本質
□ ショック【shock】　打撃

59 筆者がここで最も言いたいことは何か。

1　ＣＤが発明されてから、誰でも好きなときに音楽を聴けるようになった。
　　　　　　　　　　　└文法詳見 P44

2　オーケストラで演奏された音楽は再び聴くことはできない。

3　ライブの音楽は一度きりのものだが、それもまた音楽の本質である。

4　二度と聴くことができないライブには、悲しい思いだけが残る。

(5)

　　我們活在「此時此刻、此處」，除此之外無他。交響樂團的人們和聽眾都在同一個時間和空間中呼吸。在那裡會發生的總是未知（注1），而已發生的事在轉眼間（注2）就已成過往。不會再回來，也無法回去。僅有一次。這就是現場演出（注3）。

　　音樂會會消失而去。我對於這個事實感到呆然（注4）。就算知道束手無策，也只是徒增傷悲。不過，這種虛幻無常（注5）不也是音樂的本質之一嗎？這點在CD發明後也沒有改變。

（選自茂木健一郎『全都由音樂而生』PHP新書）

（注1）未知：尚未知道或是不被人知道的事物
（注2）轉眼間：瞬間
（注3）現場演出：音樂或戲劇當場表演
（注4）呆然：受到打擊什麼也做不了
（注5）虛幻無常：短時間就消失殆盡

在抓取文章重點時，除了看首尾兩段，「找出反覆出現的字詞」也是很重要的技巧。正是因為它很重要，所以作者才會一直提起。尤其是解釋事物、表達己見的論説文。重點的用詞會再三地出現。

這篇文章通篇貫穿「過ぎ去る」、「再び帰ってはこない」、「戻ることはできない」、「一度きり」等字眼，都是針對現場演奏音樂的敘述。由此可知音樂的本質是一次性的。選項3剛好對應這點，所以正確答案是3。

Answer **3**

59 作者在此最想表達的是什麼呢？

1 自從CD發明後，誰都變得可以在喜歡的時間聽音樂。
2 交響樂團所演奏的音樂無法再次聽到。
3 現場演奏的音樂雖然是僅有一次的東西，但這也是音樂的本質。
4 再也不能聽到的現場演出，只留下悲傷的感受。

選項1錯在這不是作者的意見。文章中作者提到即使有了CD，虛幻無常仍是音樂的本質之一，但這和選項1並無關聯。

選項2和選項4雖然文中都有提及，但問題是「筆者がここで最も言いたいこと」，所以選項2、4比較不適合。

翻譯與解題 ① 【問題 10 - (5)】

✎ 重要文法

> 【名詞】＋きり。接在名詞後面，表示限定。也就是只有這些的範圍，除此之外沒有其它。

❶ きり 只有…

例句 今度は二人きりで、会いましょう。

下次就我們兩人出來見面吧！

> 【動詞辭書形；動詞可能形】＋ようになる。表示是能力、狀態、行為的變化。即事物的發展趨勢或轉變的結果。

❷ ようになる （變得）…了

例句 注意したら、文句を言わないようになった。

警告他後，他現在不再抱怨了。

✎ 小知識大補帖

▶和「聞く」相關的單字

慣用語詞	意思、意義
聞き入る （傾聽，專心聽）	耳を澄ましてじっと聞く。 （專注地傾聽。）
聞きかじる （學得毛皮）	物事の一部分や表面だけを、聞いて知る。 （只聽懂事物的一小部分或皮毛。）
聞きつける （得知）	聞いて、そのことを知る。 （聽到而得知某事。）
聞き届ける （批准）	要求や願いなどを聞いて承知する。 （答應請求或希望。）
聞きほれる （聽得入迷）	うっとりとして聞く。 （陶醉地聽。）
小耳にはさむ （偶然聽到）	ほんの少し聞く。 （只聽到一些。）

地獄耳 （ 善於聽他人隱私 ）	人の噂などを、何でも知っていること （ 對於他人的八卦瞭若指掌 ）
空耳 （ 聽錯 ）	実際には声や物音がしないのに、聞こえたように感じること （ 實際上明明沒有聲音或聲響，卻覺得好像聽到聲音 ）
初耳 （ 前所未聞 ）	初めて聞くこと （ 第一次聽到 ）
耳が痛い （ 刺耳 ）	自分のまちがいや弱点を指摘されて、聞くのがつらい。 （ 聽別人指出自己的錯誤或弱點，而覺得不舒服。）
耳が早い （ 耳朵靈 ）	世間の噂などを、人より早く聞いて知っている。 （ 比別人還要早一步聽到謠傳等。）
耳にする （ 聽到 ）	聞くつもりもなく、耳に入ってくる。 （ 無意中聽到什麼。）
耳にたこができる （ 聽膩了 ）	同じことを何度も聞かされ、嫌になる。 （ 多次聽到同樣的話，感到厭煩。）
耳を疑う （ 懷疑自己的耳朵 ）	思いがけないことを聞いて、聞き間違いかと思う。 （ 聽到意想不到的事，以為自己是不是聽錯了。）
耳を貸す （ 聽取 ）	人の話を聞く。 （ 聽別人說話。）
耳を傾ける （ 傾聽 ）	熱心に話を聞く。 （ 熱心傾聽對方的話。）
耳を澄ます （ 靜聽 ）	神経を集中して聞く。 （ 全神貫注地注意聽。）

次の（1）から（5）の文章を読んで、後の問いに対する答えとして最もよいものを、1・2・3・4から一つ選びなさい。

（1）

　私の父は、この地域で最後の一つになってしまった古いアパートを今でも経営している。数年前、近くに新しい駅ができたのを契機として、土地の値段が急激に上がった。周りのアパートは皆、高層マンションになった。しかし父は、家族が勧めたにもかかわらずマンションに建て替えなかった。欲張って、今借りてくれている人を困らせるものではないというのである。

　その後、景気が悪くなり、近所のマンションは空き室ばかりになったが、父のアパートは違う。あのとき建て替えていたら、借金だけが残っていたに違いない。そうならなかったのは、父のおかげである。

55　筆者は、そうならなかったのはなぜだと考えているか。

1　父がマンションを持っていないおかげ
2　父が人を困らせることができないおかげ
3　父が利益を第一に考える人ではないおかげ
4　父が家族の勧めを聞いたおかげ

(2)

以下は、あるレストランが出したメールの内容である。

お客様各位
　いつもご利用いただきましてありがとうございます。

　さて、当店では日頃のご愛顧に感謝いたしまして、今月末まで下記の通りキャンペーンを実施いたします。

　　1）ご夕食のお客様、毎日先着50名様に、特製デザート（500円相当）を無料サービスいたします。
　　2）お支払いがお一人で3,000円以上のお客様全員に、次回からお使いいただける「10％割引券」をプレゼントいたします（6か月間有効）。

※上記の3,000円には、無料サービスの特製デザートの金額は含みません。

ご来店をお待ちしております。

[56]　このレストランのキャンペーンについて正しいものはどれか。

1　「10％割引券」は今月末までしか使えない。

2　夕ご飯を食べれば必ず特製デザートがもらえるとは限らない。

3　二人で飲食した合計金額がちょうど3,000円だったので、二人とも一枚ずつ「10％割引券」をもらえる。

4　一人で2,500円のステーキを注文して特製デザートをもらえば、必ず「10％割引券」を一枚もらえる。

(3)

　「正しい」日本語とは、アナウンサーが話すようなきれいな日本語を言うのではありません。現実に言葉を使って何かを伝えようとするとき、むしろうまく伝わらないことのほうが多いのではないでしょうか。語学の教科書に出てくる会話のようにスムーズ（注1）に流れるほうが珍しいと思います。とすると、豊かな表現やコミュニケーションをするためには、多少文章や発音がギクシャク（注2）しても、誠意を持って相手に伝えようという気持ちのこもった日本語が「正しい」日本語ではないでしょうか。

　　　　　（浅倉美波他『日本語教師必携ハート＆テクニック』アルクによる）

（注1）スムーズ：物事が順調に進むようす
（注2）ギクシャク：物事が順調に進まないようす

57　「正しい」日本語とは、アナウンサーが話すようなきれいな日本語を言うのではありませんとあるが、なぜか。

　1　きれいな日本語では、本当に言いたいことが伝わらないから

　2　自分の考えを相手に分かってほしいというまっすぐな心が大事だから

　3　表現を豊かにするためには、ギクシャクした話し方をする必要があるから

　4　教科書のようなスムーズな会話では、誠意が伝わらないから

(4)

　コロッケというものはつくづくエライ！と思うのだ。といっても、気取った蟹クリームコロッケなんかじゃなくて、例の、お肉屋さんで売っている、あの小判形（注1）のイモコロッケのほうである。（中略）すなわち三十年前にはコロッケは五円と相場（注2）が決まっていたのだ。それが今日でもおおむね（注3）一個五、六十円、安いものだ。しかもコロッケは昔から今までちっとも風味が変わらない。（中略）それにまた、肉屋さんたちが申し合わせ（注4）をしてるんじゃないかと思うくらい、これはどの店でも味にさしたる違いがない（注5）。だから、どこでも安心して食べられるというところもまたまたエライ。

（林望『音の晩餐』集英社文庫による）

（注1）小判形：江戸時代の金貨の形。楕円形
（注2）相場：値段、価格
（注3）おおむね：だいたい
（注4）申し合わせ：話し合って決めること
（注5）さしたる…ない：それほど…ない

58 筆者が、コロッケというものはつくづくエライ！と思う理由として、正しいものはどれか。

1　今でも三十年前と同じ値段で売っているから

2　食べたときの感じが、今でも昔と同じだから

3　肉屋さんたちが、どの店でも同じ味になるように決めているから

4　店によって味に特色があっておいしいから

(5)

　そもそも、「ことばの乱れ（注1）」という発想が言語学にはない。あるのは変化だけである。ことばはいつの時代でも変わっていく。それを現象として注目はするが、正しいとか正しくないとか評価して、人を啓蒙（注2）したり、批判することは考えていない。心情的に新しい語や表現を嫌う言語学者もいるだろうが、立場としては中立でなければならない。正しいか正しくないかなんて、どんな基準をもとにきめたらいいのかわからない。

（黒田龍之助『はじめての言語学』講談社現代新書による）

（注1）乱れ：整っていないこと。混乱
（注2）啓蒙：人々に正しい知識を与え、指導すること

59 筆者の考える言語学者の立場とはどのようなものか。

1　言葉の変化に常に関心を持ち、人々に正しい言葉を使うよう指導する。

2　正しい言葉を守るために、時代に則した新しい基準を作っていく。

3　新しい語や表現は、全て正しいものとして受け入れる。

4　時代につれて変わっていく言葉を、批判することなく、ただ関心を持って見守る。

次の（1）から（5）の文章を読んで、後の問いに対する答えとして最もよいものを、
1・2・3・4から一つ選びなさい。

（1）
　　私の父は、この地域で最後の一つになってしまった古いアパートを
今でも経営している。数年前、近くに新しい駅ができたのを契機とし
て、土地の値段が急激に上がった。周りのアパートは皆、高層マンショ
ンになった。**しかし父は、家族が勧めたにもかかわらずマンションに**　←関鍵句
建て替えなかった。欲張って、今借りてくれている人を困らせるもの　└文法詳見 P54
ではないというのである。　　文法詳見 P54┘

　　その後、景気が悪くなり、近所のマンションは空き室ばかりになっ
たが、父のアパートは違う。あのとき建て替えていたら、借金だけが
残っていたに違いない。そうならなかったのは、父のおかげである。

□ 地域　地區，地域
□ 急激　突然
□ 建て替える　改建
□ 欲張る　貪心，貪得無厭
□ 空き室　空屋，空房
□ 借金　欠款，負債
□ 利益　利益，好處
□ 第一　第一，首要的

55　筆者は、そうならなかったのはなぜだと
　　考えているか。

1　父がマンションを持っていないおかげ

2　父が人を困らせることができないおかげ

3　父が利益を第一に考える人ではないおか
　　げ

4　父が家族の勧めを聞いたおかげ

請閱讀下列（１）～（５）的文章並回答問題。請從選項１・２・３・４當中選出一個最恰當的答案。

（１）

　　我的父親至今仍在出租這個區域最後一間的老舊公寓。幾年前，公寓附近蓋了新車站，因此土地突然增值。周圍的公寓也都變成高樓層的大廈了。不過，父親不顧家人的勸告，堅持不改建成大廈。他說，不可以因為貪心而造成現在租戶的困擾。

　　之後景氣衰退，鄰近的大廈都租不出去，但父親的公寓卻不同。如果那時改建的話，肯定只會留下滿屁股債。事態沒有變成那樣，全是託父親之福。

解題關鍵在「しかし父は、家族が勧めたにもかかわらずマンションに建て替えなかった。欲張って、今借りてくれている人を困らせるものではないというのである」。父親不貪心，為他人著想的想法符合「利益を第一に考える人ではない」，因此選項３正確。

劃線部分的「そう」指的是上一句「借金だけが残っていた」，所以「そうならなかった」指的是「不用背債」。和欠債有關的是「あのとき建て替えていたら」，所以可以推知沒有欠錢是因為當初沒有改建。

Answer　**3**

55 作者認為事態沒有變成那樣，是什麼原因呢？

1　幸虧父親沒有大廈
2　幸虧父親無法造成別人的困擾
3　幸虧父親不是以利益為第一優先的人
4　幸虧父親有聽家人的勸告

　　選項４不正確，文中「家族が勧めたにもかかわらず」可以得知父親沒有聽家人的勸告。

選項１不正確。能避免背債是因為那時沒有把公寓改建成大廈，並不是因為父親沒有大廈。

選項２不正確。父親是說不能帶給別人困擾，而不是說他無法造成別人的困擾。

［理解內容／短文］ **053**

IIII

ⓘ 重要文法

【名詞；[動詞辭書形・動詞た形]の】＋を契機として、を契機に（して）。表示某事產生或發生的原因、動機、機會、轉折點。

❶ を契機として けいき

趁著…、自從…之後、以…為動機

例句 退職を契機として、もっとゆとりのある生活を送ろうと思います。

我打算在退休以後，過更為悠閒的生活。

【名詞；形容動詞詞幹；[形容詞・動詞]普通形】＋にもかかわらず。表示逆接。後項事情常是跟前項相反或相矛盾的事態。

❷ にもかかわらず

雖然…、但是…、儘管…、卻…、雖然…、卻…

例句 努力したにもかかわらず、ぜんぜん効果が上がらない。

儘管努力了，效果還是完全沒有提升。

【形容動詞詞幹な；[形容詞・動詞]辭書形】＋ものではない。用在勸告別人的時候，表示勸阻、禁止。

❸ ものではない 不要…、就該…、應該…。

例句 人の悪口を言うものではない。

不要說別人的壞話。

ⓘ 小知識大補帖

▶ **兩個動詞複合為一的動詞**

～替える：（動詞の連用形に付いて）古いものを新しいものにする。

（…換：〈接在動詞連用形後面〉把舊的東西變成新的。）

■ **入れ替える**（更換）

中のものを出して、別のものを入れる。中身をとりかえる。

（把裡面的東西拿出來，放入別的東西。更換內容物。）

・寒くなってきたから、夏物を冬物に入れ替えよう。

（天氣轉冷了，收起夏季衣物，換上冬服吧。）

■ **取り替える**（互換；更換）

1.互いに替える。2.新しいものと交換する。(1.互相交換。2.與新的東西交換。)

- 友達と本を取り替える。（跟朋友交換書籍。）

■ **張り替える**（重新糊上（紙、布等）；重新換上（罩、套等））

張ってあった古いものを取り除いて、新しいものを張る。

（取下覆蓋的舊物，貼上、套上新的東西。）

- もうすぐお正月だから、障子を張り替えて気分を一新したい。

（由於快要過年了，所以想把拉門重新糊過，讓心情煥然一新。）

▶ **近義詞**

困る、苦しむ、窮する、困り果てる

■ **困る**（煩惱，困擾）

自分にとって都合のよくないことに直面して、どうしてよいか分からなくなる。（對於自己感到不便的事物，不知該如何是好。）

- 息子は怠け者で困る。（因為兒子好吃懶作而苦惱。）

■ **苦しむ**（苦惱；痛苦，受…折磨）

どうしてよいか分からず悩んだり、精神的・肉体的につらいと思ったりする状態が続く様子を表す。

（表示持續因不知所措而煩惱，或是感受到精神上、身體上之煎熬的樣子。）

- 歯の痛みに苦しむ。（受牙痛所苦。）

■ **窮する**（困窘，苦於）

どうしてよいかわからない状態にあって、追い詰められている様子を表す。また、金や物がはなはだしく不足する。文語的。（用以表示處於不知該如何是好的狀態，被逼到死路的樣子。或是金錢或物質十分不足。文章用語。）

- 金に窮して盗みを働く。（受貧窮所苦而以盜為業。）

■ **困り果てる**（束手無策）

これ以上困ることはあり得ないというほどに困る。

（苦惱到再也沒有比現況還更一籌莫展的地步。）

- 赤ん坊が泣いて困り果てる。（嬰兒哭鬧不休，真叫人束手無策。）

(2)

以下は、あるレストランが出したメールの内容である。

お客様各位

いつもご利用いただきましてありがとうございます。

さて、当店では日頃のご愛顧に感謝いたしまして、今月末まで下記の通りキャンペーンを実施いたします。

1）ご夕食のお客様、毎日先着50名様に、特製デザート（500円相当）を無料サービスいたします。

2）お支払いがお一人で3,000円以上のお客様全員に、次回からお使いいただける「10％割引券」をプレゼントいたします（6か月間有効）。

※上記の3,000円には、無料サービスの特製デザートの金額は含みません。

ご来店をお待ちしております。

□ 各位 各位，諸位
□ 日頃 平日，平常
□ 愛顧 光顧，惠顧
□ キャンペーン
【campaign】活動
□ 実施 實施，實行
□ 先着 先來，先到達
□ デザート
【dessert】甜點
□ 相当 相當於，同等於
□ 割引券 折價券
□ 有効 有效

---

56 このレストランのキャンペーンについて正しいものはどれか。

1 「10％割引券」は今月末までしか使えない。

2 夕ご飯を食べれば必ず特製デザートがもらえるとは限らない。

3 二人で飲食した合計金額がちょうど3,000円だったので、二人とも一枚ずつ「10％割引券」をもらえる。

4 一人で2,500円のステーキを注文して特製デザートをもらえば、必ず「10％割引券」を一枚もらえる。

(2)
以下是某餐廳發送的電子郵件內文。

もんだい **10**

もんだい **11**

もんだい **12**

もんだい **13**

もんだい **14**

各位親愛的顧客

一直以來都承蒙您的光顧蒞臨。

本店為感謝各位平日的光顧，至本月月底將實施以下的優惠活動。

1）享用晚餐者，每日前50名顧客，將免費致贈特製甜點（價值500圓）。

2）消費金額為一人3,000圓以上的顧客，將致贈每人一張下回開始能使用的「９折優惠券」（使用期限為6個月）。

※上述的3,000圓不包含免費提供的特製甜點金額。

期待您的大駕光臨。

> 遇到「正しいものはどれか」、「正しくないものはどれか」這種題型就要用刪去法作答。先從選項中抓出關鍵字，再回到題目中找出對應的項目。

> 特製甜點只有每天前50位客人才能免費享用，並不是每個客人都能得到，因此選項２正確。

Answer **2**

---

56 關於這家餐廳的優惠活動，下列何者正確？

1 「９折優待券」的使用只到這個月月底。

2 享用晚餐不一定就能得到特製甜點。

3 兩人用餐的合計金額剛好是 3,000 圓，兩個人各可以拿到一張「９折優待券」。

4 一個人點 2,500 圓的牛排，得到特製甜點，就一定可以拿到一張「９折優待券」。

> 優惠券的有效期限是6個月內，選項１不正確。

> 信件第２點提到拿到優惠券的條件是一個人的消費金額達3,000圓。選項３說兩人合計3,000圓，所以不正確。

> 選項４不正確。消費金額達3,000圓才能拿到優惠券。且3,000圓的消費金額不含免費贈送的特製甜點（500圓）。這個人的實際消費金額只有2,500圓，未達獲贈優惠券的門檻。

💡 小知識大補帖

▶ 線上購物的詢問

件名	「らんらん」2012 年 10 月号ありますか。 （有 RANRANN 雜誌 2012 年 10 月號嗎？） 注文のキャンセル（取消訂單） 品物がまだ届きません。（還沒收到東西。） 返品希望（要求退貨）
稱呼對方	かとうブックセンター御中（加藤書店中心收） ネット・青山御中（青山網路收）
自我介紹	王志明と申します。（我叫王志明。） 『日本語の発音表記』を注文したマリアと申します。 （我是訂購『日本語發音表記』的瑪麗亞。） 先週、そちらのホームページでかばんを購入した小松由佳と申します。 （我是上禮拜在貴網站購買包包的小松由佳。）
內容	『らんらん』2012 年 10 月号を探しています。御社の在庫にありますか。 （我想要找 RANRANN 雜誌 2012 年 10 月號，貴公司有庫存嗎？） 2 月 3 日に注文した『おいしい京都料理』につきまして、キャンセルしたいのですが、よろしいでしょうか。 （我在 2 月 3 號訂購了『美味的京都料理』，但我想要取消訂單，請問方便嗎？） 2 月 3 日に注文した商品が、2 週間経ったのにまだ届きません。 （2 月 3 號訂購的商品過了兩個禮拜都還沒有收到。） 色がホームページで見た印象と違っていましたので、返品したいと思います。 （因為顏色跟網頁上看到的感覺不一樣，所以我想退貨。） 返品手順をお知らせいただけますか。 （請問可以告訴我退貨程序嗎？） 注文番号は B 123-4567 です。 （訂單號碼為 B123-4567。）

結束語	ご回答いただければ幸いです。よろしくお願いいたします。
	（希望能收到您的答覆。那就麻煩您了。）
	すみませんが、よろしくお願いします。
	（不好意思，麻煩您了。）
	ご返答をよろしくお願いします。
	（麻煩您答覆了。）
署名	王志明
	e-mail:abc@mas.hinet.net
	マリア・ミュラー
	電話番号：090-1234-5678
	（瑪麗亞 ・ 穆拉
	電話號碼：090-1234-5678）

IIII

(3)

　「正しい」日本語とは、アナウンサーが話すようなきれいな日本語を言うのではありません。現実に言葉を使って何かを伝えようとするとき、むしろうまく伝わらないことのほうが多いのではないでしょうか。語学の教科書に出てくる会話のようにスムーズ（注1）に流れるほうが珍しいと思います。とすると、豊かな表現やコミュニケーションをするためには、多少文章や発音がギクシャク（注2）しても、**誠意を持って相手に伝えようという気持ちのこもった日本語が「正しい」日本語ではないでしょうか。**

文法詳見 P62

關鍵句

（浅倉美波他『日本語教師必携ハート＆テクニック』アルクによる）

（注1）スムーズ：物事が順調に進むようす
（注2）ギクシャク：物事が順調に進まないようす

□ むしろ　反而

□ スムーズ【smooth】
　流暢，流利

□ コミュニケーション
　【communication】溝通

□ ギクシャク　不順・生硬

57 「正しい」日本語とは、アナウンサーが話すようなきれいな日本語を言うのではありませんとあるが、なぜか。

1　きれいな日本語では、本当に言いたいことが伝わらないから

2　自分の考えを相手に分かってほしいというまっすぐな心が大事だから

3　表現を豊かにするためには、ギクシャクした話し方をする必要があるから

4　教科書のようなスムーズな会話では、誠意が伝わらないから

（3）

　所謂「正確的」日語，並不是指主播所説的那種漂亮的日語。在現實生活當中，想用言語來表達什麼的時候，比較常無法順利表達出來吧？我想，像語言教科書裡面的會話那般流暢（注1）的情況反而比較稀奇。這樣一來，為了能有豐富的表達方式或溝通，即使多少有些句子或發音上的不順（注2），只要能秉持誠意傳達給對方知道，這樣的日語不就是「正確的」日語嗎？

（選自淺倉美波等『日語教師必備的心＆技巧』ＡＬＣ）

（注1）流暢：事物順利進行的樣子
（注2）不順：事物無法順利進行的樣子

> 劃線部份的「とは」用來解釋事物，這裡用「とは」帶出整篇文章的重點「『正しい』日本語」。

> 這句話是解題關鍵。作者認為正確的日語應該要能秉持誠意傳達給對方知道，只要有這份誠意，就算有些許出錯也沒關係。

Answer 2

57 文章提到所謂「正確的」日語，並不是指主播所説的那種漂亮的日語，這是為什麼呢？

1　因為用漂亮的日語不能傳達出真正想説的事情
2　因為想讓對方明白自己的想法這種直率的心情才是重要的
3　因為為了讓表達方式更為豐富，用不順的説法是必要的
4　因為像教科書般的流暢會話無法傳達誠意

> 文章提到漂亮、流暢的日語在現實生活中反而少見，並沒有説它不能表達説話者真正的想法。因此選項1不正確。

> 選項2對應文章的「相手に伝えよう」、「誠意を持って」。正確答案是2。

> 文中提到「多少文章や発音がギクシャクしても、誠意を持って相手に伝えようという気持ちのこもった日本語が『正しい』日本語ではないでしょうか」。這個「ても」是讓步句型，意思是「即使」。表示講話順不順都可以，而不是必須不順。所以選項3不正確。

> 作者認為像教科書那樣流暢的會話很少見，並沒有説這樣的會話無法表達誠意。因此選項4不正確。

⚫ 重要文法

> 【名詞】＋とは。提出主題，後項對這一主題進行定義或評論，或提出疑問。

❶ とは　　所謂…

例句　週刊誌とは、毎週一回出る雑誌のことです。

所謂週刊就是每週發行一次的雑誌。

⚫ 小知識大補帖

▶ 近義詞

■ スムーズ（順利；流暢）

物事が支障なく運ぶさま

（事情不受阻礙進展的様子）

- 仕事はスムーズに運んだ。

（工作進行得很順利。）

■ なめらか（順利；流暢）

表面が平らで手ざわりのよいさま。また、つかえないで進むさま

（表面平順，觸感很好的様子。又指事情順暢無阻地進行的様子）

- このカップルのダンスは動きの滑らかさに欠けている。

（這對夫妻的舞步欠缺流暢感。）

■ 円滑（順利；圓滿）

物事に邪魔が入らず、すらすら運ぶこと

（事情無阻礙，順暢進行的様子）

- 今回の改革が円滑に進んでいる。

（這次的改革順利地進行中。）

■ 表現誠意的各種說法

- 山田さんの会議での発表ですが、堂々としていらして、同僚として鼻が高かったです。

（山田先生在會議的發表充滿自信，身為同事的我很引以為傲。）

- みんな、部長が戻ってこられる日を心待ちにしています。（お見舞いのとき）

（大家誠心等待部長早日康復歸來的日子。）（探病時）

- 君が作成した企画書は簡潔・明解でとてもよくかけているね。

（你製作的企劃書既簡潔又明瞭，寫得很好呢！）

- 君のいれてくれたお茶本当においしいね。茶道でもやっていたの。

（你替我泡的茶真是好喝啊。是不是學過茶道啊？）

- こんにちは、Ａさん。風邪はもういいんですか。

（妳好，Ａ小姐。感冒好了嗎？）

(4)

　　コロッケというものはつくづくエライ！と思うのだ。といっても、気取った蟹クリームコロッケなんかじゃなくて、例の、お肉屋さんで売っている、あの小判形（注1）のイモコロッケのほうである。（中略）すなわち三十年前にはコロッケは五円と相場（注2）が決まっていたのだ。それが今日でもおおむね（注3）一個五、六十円、安いものだ。**しかも** ←[關鍵句]
コロッケは昔から今までちっとも風味が変わらない。（中略）それにまた、肉屋さんたちが申し合わせ（注4）をしてるんじゃないかと思うくらい、これはどの店でも味にさしたる違いがない（注5）。だから、どこでも安心して食べられるというところもまたまたエライ。

　　　　　　　　　　　　　　（林望『音の晩餐』集英社文庫による）

（注1）小判形：江戸時代の金貨の形。楕円形
（注2）相場：値段、価格
（注3）おおむね：だいたい
（注4）申し合わせ：話し合って決めること
（注5）さしたる…ない：それほど…ない

□ つくづく　深感・痛切地
□ 気取る　裝模作樣
□ 蟹　螃蟹
□ イモ　芋頭、馬鈴薯、地瓜等根莖類之總稱，此指馬鈴薯
□ すなわち　也就是説，換而言之
□ 相場　市價
□ おおむね　大概，大致上
□ 風味　風味，滋味
□ 申し合わせ　協定
□ さしたる　那般的

58 筆者が、コロッケというものはつくづくエライ！と思う理由として、正しいものはどれか。

1　今でも三十年前と同じ値段で売っているから

2　食べたときの感じが、今でも昔と同じだから

3　肉屋さんたちが、どの店でも同じ味になるように決めているから

4　店によって味に特色があっておいしいから

(4)

　可樂餅這東西真的是很了不起！我如此認為。話雖如此，我指的不是那種裝模作樣的蟹肉奶油可樂餅，而是傳統的，肉店會賣的那種小判形狀（注1）的薯泥可樂餅。（中略）也就是三十年前可樂餅市價（注2）為五圓。而現在一個也大概（注3）是五、六十圓，實為便宜。而且可樂餅從以前到現在風味一點也沒改變。（中略）除此之外，幾乎是到了一種懷疑肉店老闆們不知是不是有什麼協定（注4）的地步，不管是哪家店鋪，味道絕對都沒有那般的（注5）不同。所以，不管在哪裡都可以放心享用這點更是了不起。

（選自林望『音之晚餐』集英社文庫）

（注1）小判形狀：江戶時代的金幣形狀。橢圓形
（注2）市價：價錢、價格
（注3）大概：大致上
（注4）協定：商量後決定
（注5）沒有那般的：不到那樣程度的

為了節省時間可以用刪去法作答。先從選項抓出關鍵字，再回到原文對照、判斷對錯。

文中提到「しかもコロッケは昔から今までちっとも風味が変わらない」，表示以前的可樂餅和現在的風味一樣。因此選項2正確。

從注5可知「さしたる…ない」意思是「それほど…ない」。「さしたる」在這裡相當於「大した」。後面如果接否定語，可以翻譯成「沒有到那樣的…」，表示程度不足。所以文中的意思是每間店的可樂餅味道都差不多。選項4不正確。

Answer **2**

58 作者認為可樂餅這東西真的是很了不起！的理由，下列何者正確？

1 因為現在的售價還是和三十年前一樣

2 因為吃的時候的感覺，不管是現在還是過去都是一樣的

3 因為肉店老闆們有講好不管哪家店的味道都要一樣

4 因為依據店家的不同，味道也會有各有特色又美味

選項1提到「値段」，文中提到30年前可樂餅的價格是5圓，現在則是5、60圓。可樂餅過去和現在的售價不同，所以選項1不正確。

選項3不正確。「くらい」表示極端的程度，只是一種誇張的比喻而已，並不是說這些老闆真的有說好大家的味道都要一樣。

IIII

翻譯與解題 ② 【問題 10 － (4)】

✐ **重要文法**

> 【名詞】＋なんか。表示從各種事物中例舉其一。

❶ **なんか** …等等、…那一類的、…什麼的

例句 食品なんか近くの店で買えばいいじゃない。

食品之類的，在附近的商店買就好了不是嗎？

> 【名詞；形容動詞詞幹；[形容詞・動詞] 普通形】＋んじゃないかと思う。是「のではないだろうか」的口語形。表示意見跟主張。

❷ **んじゃないかと思う**

不…嗎、莫非是…

例句 それぐらいするんじゃないかと思う。

我想差不多要那個價錢吧！

✐ **小知識大補帖**

▶和「吃」相關的單字

單字・慣用句等	意　　思	例　　句
つまみ食い （偷吃）	人に隠れてこっそりものを食べること （背著他人偷吃東西）	来客用の菓子をつまみ食いする。 （偷吃招待客人用的零食。）
味見 （試吃）	少し食べてみて、味の具合を確かめること （試吃一點點東西來確認味道）	ちょっとスープの味見をしてくれませんか。 （你能不能幫我喝喝看湯的味道呢？）
毒味・毒見 （試毒）	毒が入っていないかを調べるために食べること （為了調查是否有毒而吃）	毒味してからお膳を出す。 （試毒之後再上菜。）

間食 （正餐之間吃點心）	決まった食事と食事の間に物を食べること （在正餐與正餐之間吃東西）	やせたければ間食をやめることだ。 （如果想要減肥的話，就得戒掉吃點心的習慣。）
がつがつ （拚命地吃）	むやみにたくさん食べる様子 （肆無忌憚大吃的樣子）	弟はおなかをすかせて帰ってきたらしく、夕飯をがつがつ食べている。 （弟弟好像餓著肚子回家的樣子，現在正狼吞虎嚥地吃著晚餐。）
ぺろりと （很快地吃完）	あっという間に食べつくしてしまう様子 （一下子便吃個精光的樣子）	特大のケーキをぺろりと平げてしまった。 （居然一下子就把特大的蛋糕給吃完了。）
暴飲暴食 （暴飲暴食）	むやみに飲み食いをすること （肆無忌憚地吃喝）	暴飲暴食して体をこわした。 （暴飲暴食把身體搞壞了。）
箸が進む （食慾旺盛）	おいしくて、どんどん食べられる （覺得美味而不停地吃）	炭焼きの香りに食欲をそそられ、ついつい箸が進む。 （炭烤的香味讓我食慾大增，不禁一口接著一口。）

---

(5)

　そもそも、「ことばの乱れ（注1）」という発想が言語学にはない。あるのは変化だけである。ことばはいつの時代でも変わっていく。それを現象として注目はするが、正しいとか正しくないとか評価して、人を啓蒙（注2）したり、批判することは考えていない。心情的に新しい語や表現を嫌う言語学者もいるだろうが、立場としては中立でなければならない。正しいか正しくないかなんて、どんな基準をもとにきめたらいいのかわからない。

> 關鍵句

文法詳見 P70

（黒田龍之助『はじめての言語学』講談社現代新書による）

（注1）乱れ：整っていないこと。混乱
（注2）啓蒙：人々に正しい知識を与え、指導すること

- □ そもそも　話説回來；究竟
- □ 乱れ　紊亂，混亂
- □ 発想　想法，構思
- □ 言語学　語言學
- □ 現象　現象
- □ 注目　關注，注目
- □ 評価　評論
- □ 啓蒙　啟蒙
- □ 批判　批判，批評
- □ 心情的　心理層面
- □ 中立　中立
- □ 見守る　關注，關切

59 筆者の考える言語学者の立場とはどのようなものか。

1 言葉の変化に常に関心を持ち、人々に正しい言葉を使うよう指導する。

2 正しい言葉を守るために、時代に則した新しい基準を作っていく。

3 新しい語や表現は、全て正しいものとして受け入れる。

4 時代につれて変わっていく言葉を、批判することなく、ただ関心を持って見守る。

(5)

　話説回來，語言學裡面本來就沒有「語言的紊亂（注1）」這種想法。有的只有變化。語言不管在哪個時代都會有所改變。我們會把這視為是一種現象而關注，但不會去評論對錯是非，也不會想啟蒙（注2）眾人，或是進行批判。雖然也有一些學者會在心裡討厭新的語詞或說法，不過還是必須保持中立的立場。正確或不正確什麼的，我們不知要用什麼基準來判斷才好。

（選自黑田龍之助『第一次的語言學』講談社現代新書）

（注1）紊亂：不整齊的樣子。混亂
（注2）啟蒙：給予人們正確的知識並進行指導

> 題目問「言語学者の立場」，文章中的「立場」在「心情的に新しい語や表現を嫌う言語学者もいるだろうが，立場としては中立でなければならない」。這句話表達語言學家必須抱持中立的立場。

> 這句話用了「〜たり〜たりする」這個句型。一般的寫法是「人を啓蒙したり、批判したりする」。雖然就像文章中說的「語言沒有所謂的對錯」，不過在考試時還是請用「〜たり〜たりする」這種寫法。

Answer 4

59 作者認為的語言學家立場是什麼樣的立場呢？

　1　對語言變化總是抱持關心，教導人們使用正確的語言。

　2　為了保護正確的語言，不斷訂定因應時代的新基準。

　3　將所有新語詞或說法都視為是正確的並接納。

　4　不批評隨著時代變遷的語言，只是抱持關心並關注。

> 選項1和文章的旨意正好相反，所以不正確。

> 選項2不正確。文章最後一句說明沒有基準去評斷語言的正確與否。

> 既然中立的立場是不去評論對錯，那就沒有所謂「正確的語言表現」，所以選項3不正確。

> 選項4對應文中「それを現象として注目はする」，「それ」指的是「（ことばの）変化」。「批判することなく」對應「批判することは考えていない」。選項4正確。

翻譯與解題 ② 【問題 10 － (5)】

✐ 重要文法

【名詞】＋をもとに。表示將某事物為啟示、根據、材料、基礎等。後項的行為、動作是根據或參考前項來進行的。

❶ **をもとに** 以…為根據

例句 この映画は、実際にあった話をもとに制作された。

這齣電影是根據真實的故事而拍的。

✐ 小知識大補帖

▶ 敬語的誤用

1. 敬語只用在人身上

   看到上司養的金魚：

   (1) ×きれいな金魚でいらっしゃいますね。

   （好漂亮的金魚喔！）

   ○ きれいな金魚ですね。

   （好漂亮的金魚喔！）

   (2) ×どんなえさを召し上がっているのですか。

   （牠都享用什麼魚飼料呢？）

   ○ どんなえさを与えていらっしゃるのですか。

   （您都給牠吃什麼魚飼料呢？）

   → 用在金魚身上不需用敬語，上司的動作才需要用敬語。

2. 「になります」的誤用

   (1) ×アイスティーになります。

   （變成冰紅茶。）

   ○ アイスティーでございます。

   （這是冰紅茶。）

   (2) ×こちらは禁煙席になります。

   （此處變為禁菸座位。）

   ○ こちらは禁煙席でございます。

   （此處為禁菸座位。）

→「になります」表示變化。譬如「さなぎ→蝶」從「蛹」,變成「蝴蝶」;「係長→課長」表示身份的變化;「一文無しになる」從原來的狀態,變成別的狀態。

→ 因此,「アイスティー」原本就是「アイスティー」,所以不用「になります」,而是用「でございます」;另外「禁煙席」這句話,如果要表示平常是「喫煙席」,只有那個時候變成「禁煙席」,就可以用「になります」。比方説「こちらは 11:30 〜 14:30 禁煙席になります」(這裡 11:30 到 14:30 改為禁煙區)。但是前面的例句並沒有説到什麼變化,就不太適合。如果平常都是「禁煙席」用「でございます」才對。

3.「(の)ほう」的誤用
(1) ×お弁当のほう、温めますか。
   (便當這邊要加熱嗎?)
   ○ お弁当は温めますか。
   (便當要加熱嗎?)
(2) ×お箸のほう、おつけしますか。
   (需要這個筷子嗎?)
   ○ お箸はおつけしますか。
   (需要筷子嗎?)

→「(の)ほう」表示比較,例如「AとB、どちらの方がいい?」用在比較兩者的時候;又例如「私はあきらめが悪いほうだ。」表示比較偏向某一性質的時候;還有「鳥が東のほうへ飛んで行った。」表示方向跟方位。

→ 如果有兩項「お弁当」跟「サンドイッチ」,要問「お弁当のほうを温めるかどうか」,就可以用「お弁当のほう」。如果只問單項的「お弁当」,就不需要用「のほう」。只要簡單的説「お弁当は温めますか」。「お箸」這句話也是。

▶ 寄信

この手紙を郵便局に出してきてくれない？
可以幫我把這封信拿去郵局投遞嗎？

時々母に手紙を書いてこちらの様子を知らせています。
我時常寫信告知家母這邊的狀況。

小学校で習った先生から手紙が来た。
小學時期的老師寄了信來。

彼に手紙を送ったのになぜか返事がない。
都已經寄信給他了，卻不曉得為什麼沒有收到回信。

この手紙を送りたいんだけど郵便局まで行ってくれない。
我想要寄出這封信，幫我跑一趟郵局好嗎？

手紙の代わりにメールを送ります。
寄送電子郵件代替傳統書信。

住所か間違っていて手紙が届かなかった。
寫錯地址導致信件無法送達。

ポストにこの手紙を出してきてくれない。
幫我把這封信投到郵筒裡好嗎？

この手紙を受け取ったらすぐに返事をください。
收到這封信後請立刻回覆。

この手紙、台湾へ送りたいんですがいくらですか。
我想要把這封信寄到台灣，請問郵資是多少錢呢？

絶対に人の手紙を開けてはいけない。
絕對不可以擅自拆閱他人信件。

手紙に切手を貼るのを忘れて出しちゃった。
忘了貼郵票就把信寄出去了。

今は手紙よりメールの方が便利です。
這年頭與其寄信，不如寄電子郵件來得方便。

最近手紙を書くことが少なくなりました。
最近已經很少提筆寫信了。

お礼を書くならはがきよりも手紙にした方が丁寧です。
假如要寄謝函，與其寄明信片，不如寄書信來得有禮貌。

はがき10枚と80円切手を5枚ください。
麻煩給我十張明信片以及五張 80 元的郵票。

東京に着いたことをはがきで知らせた。
寄了明信片告知已經抵達東京。

封筒に住所と名前を書いて切手を貼らなくてはなりません。
一定要在信封上書寫姓名與地址，並貼妥郵票。

封筒は重さや国によって料金が変わります。
信件根據其重量以及寄送國家，而有不同郵資。

はさみで封筒を開けた。
拿剪刀剪開了信封。

▼
在讀完包含內容較為平易的評論、解說、散文等，約 500 字左右的文章段落之後，測驗是否能夠理解其因果關係或理由、概要或作者的想法等等。

理解內容／中文

考前要注意的事

▶ 作答流程 & 答題技巧

| 閱讀說明 | 先仔細閱讀考題說明 |

↓

| 閱讀問題與內容 | 預估有 9 題 |

1 考試時建議先看提問及選項，再看文章。

2 文章以生活、工作、學習等為主題的，簡單的評論文、說明文及散文。

3 提問一般用造成某結果的理由「～原因は何だと述べているか」、文章中的某詞彙的意思「～とは何か」、作者的想法或文章內容「筆者が一番言いたいことはどんなことか」的表達方式。文章結構多為「開頭是主題、中間說明主題、最後是結論」。

4 選擇錯誤選項的「正しくないものどれか」也偶而會出現，要仔細看清提問喔！

| 答題 | 選出正確答案 |

次の（1）から（3）の文章を読んで、後の問いに対する答えとして最も良いものを、1・2・3・4から一つ選びなさい。

（1）

　現代人の忙しさは尋常ではない。睡眠時間を削ってでもやらなくてはならない仕事もあるし、つきあいもある。睡眠時間が不足すると、翌朝からだはだるいし、頭もボーッとしてしまう。なんとかうまく忙しさに合わせて睡眠時間を振り分け（注1）られないものか。そうした忙しい社会人の中には「休日の寝だめ（注2）」でしのぐ（注3）人がいる。

　明日からの忙しい日々に備えて、しっかりと寝だめをして睡眠時間を貯金し、忙しい平日をやり抜くための活力を養っておこうというのだ。（中略）

　休日に睡眠不足を補うとはいっても、平日の睡眠時間よりもプラス2時間が上限と考えたほうがいい。

　では、平日の睡眠不足はどうしたら解消できるのか。ベストは平均してきちんと睡眠時間を確保することだが、それができなければ、電車の中で仮眠したり、昼休みに仮眠したりするなどして補うことだ。細切れ（注4）の睡眠では眠った気がしないかもしれないが、休息にはしっかり役立っている。また、夜勤の場合は昼寝が有効だ。

　要は、睡眠時間は一日単位で考えるべきだ。夜にしっかりと睡眠がとれなかった場合は、なるべく仮眠などで不足を補

うようにして、翌日に持ちこさ（注5）ないこと。これが忙しい現代人の健康の秘訣である。

（日本博学倶楽部『世の中の「常識」ウソ・ホント「寝る子は育つ」は
本当に育つ?!』　ＰＨＰ文庫による）

（注1）振り分ける：いくつかに分ける
（注2）寝だめ：寝ることをためる、つまり、時間のあるときにたくさん寝ること
（注3）しのぐ：乗り越えて進む、なんとか切り抜ける、我慢する
（注4）細切れ：細かく切られたもの
（注5）持ちこす：そのままの状態で次へ送る

60　「休日の寝だめ」でしのぐ人は、なぜそうしているのか。

1　前の週に睡眠時間が不足したから

2　睡眠時間を削るために仕事をしているから

3　体調が悪くて眠れないから

4　睡眠時間の不足が予期されるから

61　休日に「寝だめ」をする場合、どのようにする方がよいと言っているか。

1　多くても平日より2時間長く寝る程度にした方がよい。

2　休日には寝られるだけ寝ておいた方がよい。

3　平日は2時間ぐらい少なく寝る方がよい。

4　寝るための活力をしっかりと養っておいた方がよい。

62 筆者がここで勧めている睡眠不足の解消のしかたは、どのようなものか。

1 寝られなくても、できるだけ眠った気になるようにする。

2 寝られなかった場合、翌日の夜にしっかり睡眠をとるようにする。

3 短時間ずつでも、寝られるときに寝て、その日のうちに睡眠時間を補うようにする。

4 睡眠は一日単位で考えるべきなので、一日中寝る日と、一日中寝ない日を作る。

(2)

誰でも逃げだしたくなるときがある。

ぎっしり詰まったスケジュールに、かわり映えのしない仕事。見慣れて背景の一部になってしまった家族や恋人。そして自分の周りを取り巻く都市の日ざしや風といった環境のすべて。何もかもうんざりし(注1)て、リセットし(注2)たくなるのだ。

ぼくの場合、それに一番いいのは旅行だった。もちろん観光はしない。けれど何もしない旅というのも退屈だ。そこで、いつか読もうと思って積んでおいた本の山から、何冊かを選んで旅の友にすることになる。

冬も終わりのその夜、僕は三泊四日の本を読む旅のために書籍を選別していた。くつろぎ(注3)にでかけるのだ。あまり硬派なものは望ましくない。かといって、内容のない薄っぺらな本は嫌だ。文章だって最低限ひっかからずに読めるくらいの洗練度がほしい。そうなると必然的にいろいろな種類の小説を残すことになる。

恋愛小説、時代小説、推理小説にSF。翻訳もののミステリーにファンタジー。ぼくは旅先で旅について書かれたエッセイを読むのが好きなので、その手(注4)の本をさらに何冊か加えておく。(中略)ぼくは思うのだが、実際に読書をしている最中よりも、こうして本を選んでいるときのほうが、

ずっと胸躍る（注5）のではないだろうか。それは旅行でも同じなのだ。旅の計画を立てているときの方が、旅の空のしたよりも幸福なのだ。

（石田衣良「あなたと、どこかへ。」文春文庫による）

（注1）うんざりする：物事に飽きていやになる

（注2）リセットする：元に戻す、始めからやり直す

（注3）くつろぐ：気持ちが落ち着いてゆったりする

（注4）その手：そのような種類

（注5）胸躍る：期待や喜びで興奮する、わくわくする

63 筆者はどんなときに旅行したくなるのか。

1 仕事が多すぎて、誰かに代わりにやってほしいとき

2 普段の生活や周囲の事物に飽きて、リセットしたくなったとき

3 仕事に疲れて、何もしたくなくなったとき

4 読みたいのに読んでいない本がたまってしまったとき

64 筆者の旅行のしかたについて、最も近いものはどれか。

1 観光に飽きれば、読書を楽しむ。

2 何もせず、退屈になれば読書を楽しむ。

3 たまった本を読み終われば、観光する。

4 日常生活から離れるために旅に出るのであり、観光はしない。

65 著者は何をしているときに幸福を感じると述べているか。

1 本を読んでいるときや、旅行に出ているとき

2 恋愛小説、時代小説、推理小説、ＳＦなど、硬派でない
   本を読んでいるとき

3 本を選んだり、旅行の計画を立てたりしているとき

4 日々の様々なことを忘れて、読書をしているとき

(3)

　仕事の関係上、ロケ先で昼食をとることがある。ファミリーレストランなどでも、ランチタイムになると会社員や営業ドライバーが、昼食をとるため、限られた休み時間に長い列を作る。

　そんな時間によく目にする（注1）のが食事を終えても熱心に、しかも楽しそうに話し込む子供連れ同士の主婦とおぼしき（注2）一団だ。私たちが席に着く前から座っていたのに、食事を済ませて店の外に出るまで席を離れる気配すらなかったりする。子供が飽きても、自分たちが飽きるまでは席を立つつもりがないのだろう。いろいろと語り合いたいこともあるのかもしれない。旦那（注3）や姑（注4）の愚痴（注5）を言ったりしてストレスを発散（注6）させたいのも分からないでもない。しかし、彼女たちがストレスを発散させている間、待たされ続ける人たちのストレスがたまっていく。

　他のテーブルは次から次へと入れ替わっているのに、何も感じない、あるいは感じていても無視できる人が、子供を育てているとしたら。子供は間違いなく親の<u>そんな姿</u>を見て育つだろう。それでよいのか。親は、子供を良識を持った大人として社会に送り出す責任がある。

　　　（『ランチタイムの心遣い』2009年2月7日付　産経新聞による）

（注1）目にする：実際に見る
（注2）とおぼしき：と思われる。のように見える

（注3）旦那：夫

（注4）姑：夫の母

（注5）愚痴：言ってもしかたがないことを言って悲しむこと

（注6）発散：外へ発して散らすこと。外部に散らばって出ること

66 <u>そんな姿</u>とは、どんな姿を指しているか。

1　レストランで食事を楽しむ姿

2　子育てをしている姿

3　周囲の状況に無関心な姿

4　ストレスを発散させている姿

67 筆者は何に対して、不満を述べているか。

1　食事が終わったにもかかわらず、席を立たずに話し込んでいる主婦

2　昼食を取るために長い列を作らなければならない状況

3　主婦が家の外でストレスを発散させること

4　親が話しているのに、すぐに飽きて待っていられない子供たち

68 筆者は子どもを育てる親には何が必要だと考えているか。

1　レストランで子供が飽きたら、食事の途中でも席を離れること

2　愚痴を言ってストレスを発散できる友だちを持つこと

3　子どもの見本となる行動をとること

4　旦那や姑に不満があっても、外では言わずに我慢すること

次の(1)から(3)の文章を読んで、後の問いに対する答えとして最も良いものを、1・2・3・4から一つ選びなさい。

(1)

　現代人の忙しさは尋常ではない。睡眠時間を削ってでもやらなくてはならない仕事もあるし、つきあいもある。睡眠時間が不足すると、翌朝からだはだるいし、頭もボーッとしてしまう。なんとかうまく忙しさに合わせて睡眠時間を振り分け(注1)られないものか。そうした忙しい社会人の中には「休日の寝だめ(注2)」でしのぐ(注3)人がいる。

明日からの忙しい日々に備えて、しっかりと寝だめをして睡眠時間を貯金し、忙しい平日をやり抜くための活力を養っておこうというのだ。(中略)

> 60 題
> 關鍵句

休日に睡眠不足を補うとはいっても、平日の睡眠時間よりもプラス2時間が上限と考えたほうがいい。

> 61 題
> 關鍵句

　では、平日の睡眠不足はどうしたら解消できるのか。ベストは平均してきちんと睡眠時間を確保することだが、それができなければ、電車の中で仮眠したり、昼休みに仮眠したりするなどして補うことだ。細切れ(注4)の睡眠では眠った気がしないかもしれないが、休息にはしっかり役立っている。また、夜勤の場合は昼寝が有効だ。

　要は、睡眠時間は一日単位で考えるべきだ。**夜にしっかりと睡眠がとれなかった場合は、なるべく仮眠などで不足を補うようにして、翌日に持ちこさ(注5)ないこと。** これが忙しい現代人の健康の秘訣である。

> 62 題
> 關鍵句

（日本博学倶楽部『世の中の「常識」ウソ・ホント「寝る子は育つ」は本当に育つ?!』 ＰＨＰ文庫による）

(注1) 振り分ける：いくつかに分ける
(注2) 寝だめ：寝ることをためる、つまり、時間のあるときにたくさん寝ること
(注3) しのぐ：乗り越えて進む、なんとか切り抜ける、我慢する
(注4) 細切れ：細かく切られたもの
(注5) 持ちこす：そのままの状態で次へ送る

請閱讀下列（１）～（３）的文章並回答問題。請從選項１・２・３・４當中選出一個最恰當的答案。

（１）

　　現代人異常的忙。有必須削減睡眠時間也要做的工作，也有交際應酬。睡眠時間要是不足，隔天早上身體就會無力，腦子也會不太清楚。有沒有什麼辦法能夠巧妙地配合忙碌，分割（注１）睡眠時間呢？像這樣忙碌的社會人士當中，就有為「假日補眠（注２）」而忍（注３）的人。

> 點出現代人因忙碌而睡眠不足的問題，並提到有些人的解決方法是在假日補眠。

　　也就是説，為了應付明天開始的忙碌日子，好好地補眠，先儲存睡眠時間，培養能撐過忙碌平日的活力。（中略）

> 解釋假日補眠的意思，就是預先儲存睡眠時間來應付平日的忙碌。

　　雖説假日要彌補睡眠不足，但上限最好是比平日睡眠時間再多個２小時。

> 提醒讀者假日補眠最多比平時多睡兩個鐘頭即可。

　　那麼，平日的睡眠不足應該如何解除呢？最好的做法是確保平均且充足的睡眠時間，不過要是辦不到，也可以在電車中小睡，或是午休小睡片刻來彌補。細分（注４）的睡眠雖然可能會覺得沒什麼睡，但對於休息而言可是幫了大忙。此外，大夜班的話午睡是有效的。

> 提供讀者小睡片刻的方法來應付平日的睡眠不足。

　　總之，睡眠時間應以一日為單位來思考。晚上如果不能好好睡上一覺，那就要盡量透過小睡片刻來彌補不足，不要拖（注５）到隔天。這就是忙碌現代人的健康秘訣。

> 以「睡眠時間應以一日為單位來思考」來總結全文。

（選自日本博學俱樂部『世上的「常識」真的假的「睡覺的孩子長得大」是真的長得大？！』ＰＨＰ文庫）

（注１）分割：分配成好幾份
（注２）補眠：累積睡眠，也就是有空就大睡特睡
（注３）忍：度過難關向前進、設法擺脫、忍耐
（注４）細分：瑣碎分割的東西
（注５）拖：保持狀態留待下次

翻譯與解題 ① 【問題 11 – (1)】

──────────────────────────────── Answer **4**

60 「休日の寝だめ」でしのぐ人
は、なぜそうしているのか。

1 前の週に睡眠時間が不足した
から

2 睡眠時間を削るために仕事を
しているから

3 体調が悪くて眠れないから

4 睡眠時間の不足が予期される
から

60 為「假日補眠」而忍的人，為
什麼要這麼做呢？

1 因為上週睡眠時間不足

2 因為為了削減睡眠時間而工作

3 因為身體狀況不好睡不著

4 因為預想到睡眠時間會不足

──────────────────────────────── Answer **1**

61 休日に「寝だめ」をする場
合、どのようにする方がよい
と言っているか。

1 多くても平日より2時間長く
寝る程度にした方がよい。

2 休日には寝られるだけ寝てお
いた方がよい。

3 平日は2時間ぐらい少なく寝
る方がよい。

4 寝るための活力をしっかりと
養っておいた方がよい。

61 在假日「補眠」時，文章當中
說應該怎麼做才好呢？

1 最多應該比平日多睡 2 小時就
好了。

2 假日能睡多久就睡多久。

3 平日應該要少睡大概 2 個鐘頭
比較好。

4 應該要好好地培養為了睡覺的
活力。

解題關鍵在第二段：「明日からの忙しい日々に備えて、しっかりと寝だめをして睡眠時間を貯金し、忙しい平日をやり抜くための活力を養っておこうというのだ」（為了應付明天開始的忙碌日子，好好地補眠，先儲存睡眠時間，培養能撐過忙碌平日的活力）。這句話的主題雖然不明確，但依照文脈可以推測話題還是圍繞在之前提過的人事物上面，也就是上一段段尾提到的「『休日の寝だめ』でしのぐ人」（為「假日補眠」而忍的人）。這句話的重點就在「のだ」，「のだ」的功能之一是解釋說明，對應提問中的「なぜ」。由此可知補眠是為了要應付明天開始的忙碌日子，培養能撐過忙碌平日的活力。可見這個補眠是預先行為，正確答案是 4。

「養っておこう」運用了「ておく」的句型，表示為了某種目的事先採取某個行為，所以補眠不是忙完才來大睡一場，而是在忙碌前就先睡飽。

文章當中提到假日補眠的資訊在第三段：「休日に睡眠不足を補うとはいっても、平日の睡眠時間よりもプラス2時間が上限と考えたほうがいい」（雖說假日要彌補睡眠不足，但上限最好是比平日睡眠時間再多個2小時）。這邊使用「ほうがいい」這個句型，給讀者建議或忠告，表示假日補眠的時間上限是多於平日兩個鐘頭，也就是選項1說的：「多くても平日より2時間長く寝る程度にした方がよい」（最多應該比平日多睡2小時就好了）。

這一題問的是「休日に寝だめをする」（在假日補眠）的理想方法。

Answer **3**

| 62 | 筆者がここで勧めている睡眠不足の解消のしかたは、どのようなものか。 | 62 | 作者在此建議大家解除睡眠不足的方法，是什麼樣的方法呢？ |

1 寝られなくても、できるだけ眠った気になるようにする。

1 即使睡不著，也要盡可能讓自己有睏意。

2 寝られなかった場合、翌日の夜にしっかり睡眠をとるようにする。

2 睡不著時，要在隔天晚上好好地睡上一覺。

3 短時間ずつでも、寝られるときに寝て、その日のうちに睡眠時間を補うようにする。

3 即使每次都是短時間，也要在能睡的時候睡覺，在當天就補足睡眠時間。

4 睡眠は一日単位で考えるべきなので、一日中寝る日と、一日中寝ない日を作る。

4 睡眠應以一日為單位來思考，所以要有睡一整天和一整天都不睡的時候。

□ 尋常 普通，尋常

□ 削る 削減，去除

□ だるい 無力的，懶倦的

□ ボーッとする 模糊不清

□ なんとか 想辦法，設法

□ 振り分ける 分割，分配

□ 寝だめ 補眠

□ しのぐ 忍耐；克服

□ 備える 為應付，對應某事而事先準備

□ やり抜く 撐過

□ 養う 培養

□ 補う 彌補，填補

□ 解消 解除

□ ベスト【best】 最好，最佳

□ 仮眠 小睡片刻

　選項 1 錯誤之處在於「できるだけ眠った気になるようにする」（盡可能讓自己有睏意），作者沒有建議讀者要讓自己有睏意，所以選項 1 錯誤。

　選項 2 的「寝られなかった場合」（睡不著時）應到文中「夜にしっかりと睡眠がとれなかった場合は、なるべく仮眠などで不足を補うようにして、翌日に持ちこさないこと」（晚上如果不能好好睡上一覺，那就要盡量透過小睡片刻來彌補不足，不要拖到隔天）。所以選項 2 錯誤。

　選項 4 的陷阱在「睡眠は一日単位で考えるべき」（睡眠應以一日為單位來思考）。雖然和最後一段的開頭「睡眠時間は一日単位で考えるべきだ」（睡眠應以一日為單位來思考）相同，不過選項後面提到「一日中寝る日と、一日中寝ない日を作る」（要有睡一整天和一整天都不睡的時候）是錯的。原文當中並沒有要讀者睡上一整天，甚至是一整天都不睡。

　作者在第四段提到：「ベストは平均してきちんと睡眠時間を確保することだが、それができなければ、電車の中で仮眠したり、昼休みに仮眠したりするなどして補うことだ」（最好的做法是確保平均且充足的睡眠時間，不過要是辦不到，也可以在電車中小睡，或是午休小睡片刻來彌補）。另外第五段也提到「夜にしっかりと睡眠がとれなかった場合は、なるべく仮眠などで不足を補うようにして、翌日に持ちこさないこと」（晚上如果不能好好睡上一覺，那就要盡量透過小睡片刻來彌補不足，不要拖到隔天），這兩句都對應選項 3，即使時間很短，也要在當天能睡的時候補眠。因此正確答案是 3。

□ 細切れ（こまぎれ）　細分
□ 夜勤（やきん）　夜班
□ 要は（よう）　總之，簡單而言
□ 持ちこす（も）　拖，遺留待完成
□ 秘訣（ひけつ）　秘訣，訣竅
□ 勧める（すす）　建議

翻譯與解題 ① 【問題 11 — (1)】

🖉 重要文法

【形容動詞詞幹な；[形容詞・動詞]辭書形】＋ものか。後接否定表示願望，一般為現實上難以實現的願望。後面常接「かなあ」。

❶ ものか　　真希望…

例句 何とかできないものかなあ。

能否想想辦法呢。

表示承認前項的説法，但同時在後項做部分的修正，或限制的內容，説明實際上程度沒有那麼嚴重。

❷ とはいっても　　雖説…、但…

例句 貯金があるとはいっても、10万円ほどですよ。

雖説有存款，但也只有 10 萬日圓而已。

【動詞辭書形；動詞否定形】＋ことだ。表示一種間接的忠告或命令。

❸ ことだ　　就得…、要…、應當…、最好…

例句 成功するためには、懸命に努力することだ。

要成功，就應當竭盡全力。

【動詞辭書形；動詞否定形】＋ようにする。表示説話人自己將前項的行為，或狀況當作目標而努力。

❹ ようにする　　爭取做到…、設法使…

例句 人の悪口を言わないようにしましょう。

努力做到不去説別人的壞話吧！

小知識大補帖

▶ 各式各樣的副詞、副詞句

	副詞、副詞句
價值判斷	運悪く（運氣不好地）、あいにく（不湊巧）、幸いにも（幸運地）、不幸にして（不幸地）
	うれしいことに（好消息是…）、妙なことに（奇妙的是…）、驚いたことに（驚訝的是…）
	不思議なもので（不可思議的是…）、残念ながら（很可惜…）、当然のことながら（理所當然地）
	お気の毒ですが（真遺憾…）、信じがたいことだが（雖然難以置信・但…）
真假判斷	おそらく（恐怕）、たぶん（大概）、もちろん（當然）、むろん（當然）、きっと（一定）、必ず（一定）
	さぞ（想必）、確か（也許）、確かに（的確）、明らかに（顯然）、思うに（在我看來…）、考えるに（這樣看來…）
	疑いもなく（無疑地）、ひょっとして（萬一）、もしかすると（也許）、一見（乍看之下）
	私の見るところ（據我推測）、私の知る限り（就我所知）
發話行為	ついでながら（順道一提）、ちなみに（順道一提）、要するに（總而言之）、例えば（比方説）
	率直に言って（坦白説）、本当のところ（事實上）、つまりは（也就是説）、いわば（可以説是）
	言ってみれば（換句話説）、どちらかと言えば（如果真的要説…）、話は違いますが（是説）
	ちょっとおうかがいしますが（請教一下…）、恐れ入りますが（不好意思…）
	ものは相談だが（我有事想跟你商量…）、改めて言うまでもなく（無須再三重複…）
範圍指定	建て前としては（理論上）、表向きは（表面上）、名目上は（名義上）、根本的には（徹底地）
	基本的には（基本上）、理想を言えば（就理想而言）、理屈を言えば（就道理而言）、原理上（原理上）
	定義上（定義上）

(2)

誰でも逃げだしたくなるときがある。

ぎっしり詰まったスケジュールに、かわり映えのしない仕事。見慣れて背景の一部になってしまった家族や恋人。そして自分の周りを取り巻く都市の日ざしや風といった環境のすべて。何もかもうんざりし(注1)て、リセットし(注2)たくなるのだ。

63 題 關鍵句

ぼくの場合、それに一番いいのは旅行だった。もちろん観光はしない。けれど何もしない旅というのも退屈だ。そこで、いつか読もうと思って積んでおいた本の山から、何冊かを選んで旅の友にすることになる。

64 題 關鍵句

冬も終わりのその夜、僕は三泊四日の本を読む旅のために書籍を選別していた。くつろぎ(注3)にでかけるのだ。あまり硬派なものは望ましくない。かといって、内容のない薄っぺらな本は嫌だ。文章だって最低限ひっかからずに読めるくらいの洗練度がほしい。そうなると必然的にいろいろな種類の小説を残すことになる。

恋愛小説、時代小説、推理小説にSF。翻訳もののミステリーにファンタジー。ぼくは旅先で旅について書かれたエッセイを読むのが好きなので、その手(注4)の本をさらに何冊か加えておく。（中略）ぼくは思うのだが、実際に読書をしている最中よりも、こうして本を選んでいるときのほうが、ずっと胸躍る(注5)のではないだろうか。それは旅行でも同じなのだ。旅の計画を立てているときの方が、旅の空のしたよりも幸福なのだ。

文法詳見 P98

65 題 關鍵句

　　　　　（石田衣良「あなたと、どこかへ。」文春文庫による）

(注1) うんざりする：物事に飽きていやになる
(注2) リセットする：元に戻す、始めからやり直す
(注3) くつろぐ：気持ちが落ち着いてゆったりする
(注4) その手：そのような種類
(注5) 胸躍る：期待や喜びで興奮する、わくわくする

(2)

　誰都有想要逃跑的時候。

　擠得滿滿的行程，再加上一成不變的工作。看慣了、儼然成為背景的家人或情人，以及包圍自己的都市陽光、風這些環境的全部。所有的一切都讓人心煩（注1），想要重置（注2）。

破題點出每個人都有想逃跑的時候。

　如果是我，最好的辦法是旅行。當然不是去觀光的。不過什麼也不做的旅遊也很無聊。因此，我會從想說改天再看而堆積如山的書堆當中，選出幾本當我的旅伴。

承接上段舉出各種心煩的人事物。

　冬季將結束的那個晚上，我為了四天三夜的讀書之旅而挑選書籍。我是為了放鬆（注3）才出門的，最好不要帶很生硬的書。雖說如此，我也不想看沒有內容的膚淺書籍。文章也是，希望至少有讀來流暢的洗鍊。如此一來，勢必會留下許多種類的小說。

話題轉到作者身上。作者在心煩時會選擇旅行，並提到自己的旅行方式是帶幾本書。

　戀愛小說、時代小說、推理小說和科幻小說。翻譯的懸疑小說再加上奇幻小說。我在旅途中喜歡閱讀關於旅行的散文，這種（注4）書再多帶個幾本。（中略）我覺得，比起實際在讀書的當中，像這樣選書的時候反而更讓人情緒高漲（注5）吧？而旅行也是一樣的。計劃旅行的時候，比身處旅途的天空下還更為幸福。

承接上段，說明作者選書的條件。

結論。作者認為行前準備比旅行當中還更令人興奮。

　　　　　（選自石田衣良「和你，去某處。」文春文庫）

（注1）心煩：對事物感到厭煩
（注2）重置：回到原本，重新從頭開始
（注3）放鬆：心情沉澱閒適
（注4）這種：這樣的種類
（注5）情緒高漲：因期待或喜悅而激動、興奮

━━━━━━━━━━━━━━━━━━━━ Answer 2

63 筆者はどんなときに旅行した
くなるのか。

1 仕事が多すぎて、誰かに代わ
りにやってほしいとき

2 普段の生活や周囲の事物に飽
きて、リセットしたくなった
とき

3 仕事に疲れて、何もしたくな
くなったとき

4 読みたいのに読んでいない本
┗文法詳見 P98
がたまってしまったとき

63 作者在什麼時候會想要旅行
呢？

1 工作過多，希望有人可以接手
幫自己做的時候

2 對於平常的生活或周邊事物感
到厭倦的時候

3 疲於工作，什麼也不想做的時
候

4 累積一堆想讀卻還沒讀的書的
時候

━━━━━━━━━━━━━━━━━━━━ Answer 4

64 筆者の旅行のしかたについ
て、最も近いものはどれか。

1 観光に飽きれば、読書を楽し
む。

2 何もせず、退屈になれば読書
┗文法詳見 P98
を楽しむ。

3 たまった本を読み終われば、
観光する。

4 日常生活から離れるために旅
に出るのであり、観光はしな
い。

64 關於作者的旅行方式，最接近
的選項是哪一個？

1 厭倦觀光的話就享受閱讀。

2 什麼也不做，如果感到無聊就
享受閱讀。

3 把累積的書看完後就進行觀
光。

4 旅行是為了離開日常生活，所
以不觀光。

文章裡面如果出現「そ」開頭的指示詞，指的就是前面提到的人事物，「それ」就藏在第二段當中。第二段最後一句提到「何もかもうんざりして、リセットしたくなるのだ」（所有的一切都讓人心煩，想要重置），表示「ぎっしり詰まったスケジュール」（擠得滿滿的行程）、「かわり映えのしない仕事」（再加上一成不變的工作）、「見慣れて背景の一部になってしまった家族や恋人」（看慣了、儼然成為背景的家人或情人）、「自分の周りを取り巻く都市の日ざしや風といった環境」（以及包圍自己的都市陽光、風這些環境），這些全都讓人厭煩，想要重頭來過。由此可知第三段開頭的「それ」指的正是「リセットする」（重置），也就是說，當他對於週遭的事物感到厭煩、想要重置時，他就會選擇旅行這個方式。正確答案是 2。

解題關鍵就在第三段開頭：「ぼくの場合、それに一番いいのは旅行だった」（如果是我，最好的辦法是旅行），表示作者在面對「それ」這個情況時覺得旅行是最好的方式。

「うんざりする」和「飽きる」是類義字，都有「厭倦」的意思，不過前者還帶有「生厭」的語意。

作者在第三段提到：「もちろん観光はしない」（當然不是去觀光的）。而選項 1 提到「観光に飽きれば」（厭倦觀光的話）、選項 3 提到「観光する」（進行觀光），兩個行程都有包含觀光這部分，所以選項 1、3 都是錯的。

接著作者又提到「何もしない旅というのも退屈だ」（什麼也不做的旅遊也很無聊），所以選項 2「何もせず」（什麼也不做）是錯的。

正確答案是 4。選項 4 除了「観光はしない」（不觀光）可以呼應第三段「もちろん観光はしない」（當然不是去觀光的），「日常生活から離れるために旅に出る」（旅行是為了離開日常生活）也可以呼應第一段～第三段的主旨「作者藉由旅行來逃離過慣的生活和看膩的事物」。

65 著者は何をしているときに幸福を感じると述べているか。

1 本を読んでいるときや、旅行に出ているとき

2 恋愛小説、時代小説、推理小説、ＳＦなど、硬派でない本を読んでいるとき

3 本を選んだり、旅行の計画を立てたりしているとき

4 日々の様々なことを忘れて、読書をしているとき

65 作者表示自己在做什麼的時候能感到幸福呢？

1 看書的時候，或是旅行的時候

2 看戀愛小説、時代小説、推理小説、科幻小説等不生硬的書的時候

3 選書或是計劃旅行的時候

4 忘掉每天各種事情，閱讀的時候

□ ぎっしり （擠得）滿滿的

□ かわり映え （後面多接否定）改變，替換

□ 見慣れる 看慣

□ 取り巻く 包圍

□ 日ざし 陽光

□ 何もかも 所有，一切

□ うんざりする 心煩，厭煩

□ リセット【reset】 重置，重排

□ 退屈 無聊，無趣

□ 選別 挑選

□ くつろぎ 放鬆

□ 硬派 （內容）生硬嚴肅

□ 望ましい 想要，希望

□ かといって 雖説如此，即便如此

□ 薄っぺら 膚淺

□ 洗練 精煉，簡練俐落

□ 必然的 勢必

□ ミステリー【mystery】 懸疑小説，神祕小説

文章中提到旅の計画を立てているときの方が、旅の空のしたよりも幸福なのだ」（計劃旅行的時候，比身處旅途的天空下還更為幸福）、「実際に読書をしている最中よりも、こうして本を選んでいるときのほうが、ずっと胸躍るのではないだろうか。それは旅行でも同じなのだ」（我覺得，比起實際在讀書的當中，像這樣選書的時候反而更讓人情緒高漲吧？而旅行也是一樣的）。由此可知作者在「本を選ぶ」（挑書）、「旅行の計画を立てる」（計劃旅行）這些時候會有幸福的感覺，因此正確答案是 3。

選項 1 和選項 3 正好是相對的，所以從上面的敘述來看，選項 1 是錯的。

> 這一題問的是「著者は何をしているときに幸福を感じる」（作者在做什麼的時候能感到幸福）。文章中，「幸福」兩字出現在全文最後。

> 雖然在第五段的開頭，作者有表明自己在旅行中會看「恋愛小説」、「時代小説」、「推理小説」、「ＳＦ」等書籍，但他沒有特別提到在看這些書時會感到幸福，而且就像先前說的，選書的過程比看書的過程還要情緒高漲，所以選項 2 也是不正確的。同理可證，將重點放在「読書をしているとき」的選項 4 也是不正確的。

□ ファンタジー【fantasy】　奇幻小説

□ エッセイ【essay】　散文，隨筆

□ 幸福（こうふく）　幸福

□ 周囲（しゅうい）　周邊，周圍

翻譯與解題 ① 【問題 11 － (2)】

● 重要文法 ────────────────

【名詞；[形容詞・動詞] 普通形】＋（の）ではないだろうか。表示意見跟主張。是對某事能否發生的一種預測，有一定的肯定意味。

❶ （の）ではないだろうか

我認為不是…嗎、我想…吧

例句 もしかして、知らなかったのは私だけではないだろうか。

該不會是只有我一個人不知道吧？

【[名詞・形容動詞] な；[動詞・形容詞] 普通形】＋のに。表示後項結果違反前項的期待，含有説話者驚訝、懷疑、不滿、惋惜等語氣。

❷ のに　明明…、卻…、但是…

例句 その服、まだ着られるのに捨てるの。

那件衣服明明就還能穿，你要扔了嗎？

【動詞否定形（去ない）】＋ず（に）。表示以否定的狀態或方式來做後項的動作，或產生後項的結果。

❸ ず（に）　不…地、沒…地

例句 何にも食べずに寝ました。

什麼都沒吃就睡了。

ℓ 小知識大補帖

▶ 助數詞

事　物	助　數　詞
映画（電影）	一本（一部）
絵画（繪畫）	一点（一件）、一枚（一幅）
紙（紙）	一枚（一張）、一葉（一頁）
小説（小説）	一編（一篇）
書物（書籍）	一冊（一冊）、一巻（一卷）、一部（一部）
書類（文件）	一通（一封）、一部（一份）、一枚（一張）
新聞（報紙）	一部（一份）、一紙（一份）
イカ、タコ、カニ（烏賊、章魚、螃蟹）	一杯【死んで食用になったもの】（一隻） 一匹【生きているもの】（一隻）
遺体（遺體）	一体（一具）
エレベーター（電梯）	一基（一部）、一台（一台）
寄付（捐款）	一口（一筆）
キャベツ（高麗菜）	一玉（一粒）、一株（一顆）、一個（一個）
薬（藥）	飲み薬一回分・・・一服（一份） 粉薬・・・一包（一包） 錠剤・・・一錠（一顆）、一粒（一粒）
碁（対局）（圍棋〈對局〉）	一局（一局）、一番（一局）
口座（戶頭）	一口（一個）
ざるそば（竹籠蕎麥麵）	一枚（一份）

事件、事故 （事件、事故）	一件（一起）
銃（槍）	一挺（一把）、一丁（一把）
相撲の取組 （相撲的對賽組合）	一番（一組）
膳（吃飯時放飯菜的方盤）	一客（一個）
倉庫（倉庫）	一棟（一間）
大砲（大砲）	一門（一座）
電車（電車）	一両（一輛）
豆腐（豆腐）	一丁（一塊）
トンネル（隧道）	一本（一條）
涙（眼淚）	一滴（一滴）、一筋（一行）
人形（人偶）	一体（一隻）
海苔（海苔）	一枚（一片）
バイオリン（小提琴）	一挺（一把）
履物（鞋類的總稱）	一足【左右一組で】（一雙）
箸（筷子）	一膳（一雙）
花（花）	一輪（一株）、一本（一朵）
干物（魚乾）	一枚（一條）
船（船）	大きな船…一隻（一艘） 小さな船…一艘（一條）

めん（うどん、そばなど） （麺〈烏龍麺、蕎麥麺〉）	ゆでめん ・・・ 一玉（一團） 乾麺 ・・・ 一束（一束）、一把（一捆）
料理（料理）	一品（一道） 一皿（一盤）、一人分（一人份）、一人前（一人份）
和歌（和歌）	一首（一首）

(3)

　仕事の関係上、ロケ先で昼食をとることがある。ファミリーレストランなどでも、ランチタイムになると会社員や営業ドライバーが、昼食をとるため、限られた休み時間に長い列を作る。

　そんな時間によく目にする（注1）のが食事を終えても熱心に、しかも楽しそうに話し込む子供連れ同士の主婦とおぼしき（注2）一団だ。私たちが席に着く前から座っていたのに、食事を済ませて店の外に出るまで席を離れる気配すらなかったりする。子供が飽きても、自分たちが飽きるまでは席を立つつもりがないのだろう。いろいろと語り合いたいこともあるのかもしれない。旦那（注3）や姑（注4）の愚痴（注5）を言ったりしてストレスを発散（注6）させたいのも分からないでもない。しかし、彼女たちがストレスを発散させている間、待たされ続ける人たちのストレスがたまっていく。

　他のテーブルは次から次へと入れ替わっているのに、何も感じない、あるいは感じていても無視できる人が、子供を育てているとしたら。子供は間違いなく親のそんな姿を見て育つだろう。それでよいのか。親は、子供を良識を持った大人として社会に送り出す責任がある。

（『ランチタイムの心遣い』2009年2月7日付　産経新聞による）

（注1）目にする：実際に見る
（注2）とおぼしき：と思われる。のように見える
（注3）旦那：夫
（注4）姑：夫の母
（注5）愚痴：言ってもしかたがないことを言って悲しむこと
（注6）発散：外へ発して散らすこと。外部に散らばって出ること

（文法詳見 P108）

67題
關鍵句

67題
關鍵句

66,68題
關鍵句

(3)

　　因為工作的關係，我有時會在外景地點吃中餐。即使是在家庭式餐廳，一到午餐時間，上班族或司機為了吃中餐，會在有限的午休時間排長長的隊伍。

　　在這種時候，經常可以看到（注1）一群帶著小孩、疑似（注2）主婦的人，用完餐還很熱絡，甚至是愉快地只顧著聊天。她們雖然在我們入座前就已經坐在那邊了，但一直到我們用完餐要離開店家時她們都沒有要離席的意思。即使小孩厭煩了，但只要自己不厭煩的話就沒有要離席的打算吧？也許有很多想要聊天的話題。我不是不知道她們想針對丈夫（注3）或是婆婆（注4）發發牢騷（注5），發洩（注6）一下壓力。可是在她們發洩壓力的同時，那些等待已久的人們壓力也正節節升高。

　　其他桌的客人一組換過一組，卻沒有任何感覺，或者是有了感覺卻無視於此，像這樣的人如果要養育小孩呢？小孩肯定會看著父母這種樣子而成長吧？這樣好嗎？父母有責任將小孩培養成有常識的大人送入社會。

　　（選自『午餐時間的體貼』2009 年 2 月 7 日產經新聞）

（注1）看到：實際見到
（注2）疑似：被認為是。看起來像是
（注3）丈夫：先生
（注4）婆婆：先生的母親
（注5）牢騷：説些講了也無濟於事的話而傷心
（注6）發洩：朝外面發散出去。分散到外部

作者提到自己在外吃中餐時，常常看到大排長龍的景象。

承接上一段。有些帶小孩出來的主婦用完餐還繼續佔著位子聊天。

結論。作者懷疑這種不顧他人感受的家長無法教育小孩。

66 そんな姿とは、どんな姿を指
　　しているか。

1 レストランで食事を楽しむ姿
2 子育てをしている姿
3 周囲の状況に無関心な姿
4 ストレスを発散させている姿

66 這種樣子指的是什麼樣子呢？

1 在餐廳快樂用餐的樣子
2 養育小孩的樣子
3 對於周圍狀況漠不關心的樣子
4 發洩壓力的樣子

67 筆者は何に対して、不満を述
　　べているか。

1 食事が終わったにもかかわら
　ず、席を立たずに話し込んで
　いる主婦　　　　　文法詳見 P108
2 昼食を取るために長い列を作
　らなければならない状況
3 主婦が家の外でストレスを発
　散させること
4 親が話しているのに、すぐに
　飽きて待っていられない子供
　たち

67 作者對於什麼表示不滿呢？

1 用完餐卻不離開座位，只顧著
　聊天的主婦
2 為了吃中餐而不得不大排長龍
　的情況
3 主婦在外面發洩壓力一事
4 父母在講話，卻一下子就不耐
　煩的小孩們

　　劃線部份在第三段，原句是「子供は間違いな
く親のそんな姿を見て育つだろう」（小孩肯
定會看著父母這種樣子而成長吧）。如果文章
當中出現「そ」開頭的指示詞，指的通常就是
前面幾句所提過的人事物。所以要從前面找出
針對父母描述的姿態或行為。

　　這一題考的是劃線部分的具體
內容，不妨回到文章中找出劃
線部分，解題線索通常就藏在
上下文當中。

　　解題關鍵在第三段開頭：「他のテーブルは次
から次へと入れ替わっているのに、何も感じな
い、あるいは感じていても無視できる人」（其
他桌的客人一組換過一組，卻沒有任何感覺，或
者是有了感覺卻無視於此），「そんな姿」就是
指這種人的樣子：明明看到其他客人吃完東西就
離開，自己卻無所謂，或是假裝沒看到。四個選
項當中，只有選項3最接近這個敘述。所以正確
答案是3。

　　「に無関心」意思是「對…漠
不關心」、「對…沒興趣」，對
應到「何も感じない」、「無
視」。

　　選項3，「周囲の状況」（周
圍狀況）對應「他のテーブルは
次から次へと入れ替わってい
る」（其他桌的客人一組換過一
組）。

　　選項1對應文中「私たちが席に着く前から座っ
ていたのに、食事を済ませて店の外に出るまで
席を離れる気配すらなかったりする」（她們雖
然在我們入座前就已經坐在那邊了，但一直到我
們用完餐要離開店家時她們都沒有要離席的意
思），由此可知作者對於主婦們的行為反感。這
個「のに」帶出了意外、不服的語感。

　　第二段最後「彼女たちがストレスを発散さ
せている間、待たされ続ける人たちのストレ
スがたまっていく」（可是在她們發洩壓力的
同時，那些等待已久的人們壓力也正節節升
高），帶有諷刺的感覺。所以作者很明顯地對
於這些主婦感到不滿，正確答案是1。

　　建議先從四個選項抓出關鍵
字，再回到原文對照作者是否
有負面的看法。

　　「旦那や姑の愚痴を言ったり
してストレスを発散させたいの
も分からないでもない」（我不
是不知道她們想針對丈夫或是婆
婆發發牢騷，發洩一下壓力）表
示作者可以理解主婦們抒發壓力
的行為，所以作者不滿的理由不
是「抒發壓力」，而是「佔位」。
所以正確答案是1，不是3。

　　作者對於排隊這件事只是單
純敘述，並沒有添加個人的觀
感。所以選項2錯誤。

　　並沒有批評小朋友，選項4也
錯誤。

IIII

翻譯與解題 ① 【問題 11 － (3)】

Answer **3**

[68] 筆者は子どもを育てる親には
何が必要だと考えているか。

1 レストランで子供が飽きたら、
食事の途中でも席を離れること

2 愚痴を言ってストレスを発散
できる友だちを持つこと

3 子どもの見本となる行動をと
ること

4 旦那や姑に不満があっても、
外では言わずに我慢すること

[68] 作者認為對養育小孩的父母而
言什麼是必須的呢？

1 在餐廳如果小孩厭煩了，即使
是用餐到一半也要離席

2 要有能發牢騷發洩壓力的朋友

3 行為要能當孩子的榜樣

4 即使對丈夫或婆婆不滿，在外
面也要噤口忍耐

□ ロケ【location】 外景拍攝
□ 先 地點，場所
□ ファミリーレストラン【family restaurant】 家庭式餐廳
□ ランチタイム【lunchtime】 午餐時間
□ 営業ドライバー【営業driver】 為了業務而開車的人
□ 目にする 看到，看見
□ 話し込む 只顧聊天，談得入神
□ ～連れ （前接表示人的名詞）帶著，協同

□ 同士 （表性質相同的人）們
□ おぼしい 疑似是，好像是（常用文語「…とおぼしき」形式）
□ 一団 一群，一批
□ 済ませる 結束，完成
□ 気配 情形，樣子
□ 飽きる 厭煩，厭倦
□ 語り合う 相談，對話
□ 旦那 丈夫，先生
□ 姑 婆婆，先生的母親

106

解題關鍵在「他のテーブルは次から次へと入れ替わっているのに、何も感じない、あるいは感じていても無視できる人が、子供を育てているとしたら。子供は間違いなく親のそんな姿を見て育つだろう。それでよいのか」（其他桌的客人一組換過一組，卻沒有任何感覺，或者是有了感覺卻無視於此，像這樣的人如果要養育小孩呢？小孩肯定會看著父母這種樣子而成長吧？這樣好嗎？）。作者認為小孩會看著父母的樣子長大，如果父母是對週遭事物毫不在乎的人，那對小孩來説是不好的。也就是説父母要以身作則，才能給小孩正面的影響。和這個想法最為接近的是選項 3，父母的行為要能當小孩的榜樣。

這一題問的是作者對於子女教育的看法，答案就在第三段。

選項 1、2、4 的敘述都是文章中沒提到的觀點，所以都不正確。

□ 愚痴（ぐ ち）　牢騷，抱怨
□ 発散（はっさん）　發洩（怒氣等）
□ 無視（む し）　無視，忽視
□ 良識（りょうしき）　健全的思考，健全的判斷力
□ 散らばる（ち）　分散
□ 見本（み ほん）　榜樣，範本

翻譯與解題 ① 【問題 11 － (3)】

⚡ **重要文法**

【名詞】＋上。表示「從這一觀點來看」的意思。相當於「…の方面では」。

❶ **上**　從…來看、出於…、鑑於…上

例句　煙草は、健康上の害が大きいです。

香菸對健康會造成很大的傷害。

【動詞否定形】＋ないでもない。表示某種行為或認識有可能成立。語氣上不是很積極。

❷ **ないでもない**　也不是不…

例句　安くしてくれれば、買わないでもない。

如果能算便宜一點，也不是不買。

【名詞だ；形容動詞詞幹だ；[形容詞・動詞]普通形】＋としたら。表示順接的假定條件。在認清現況或得來的信息的前提條件下，據此條件進行判斷。

❸ **としたら**　如果…的話

例句　この制度を実施するとしたら、まずすべての人に知らせなければならない。

如果要實施這個制度，首先一定要通知大家。

【名詞；形容動詞詞幹；[形容詞・動詞]普通形】＋にもかかわらず。表示逆接。後項事情常是跟前項相反或相矛盾的事態。

❹ **にもかかわらず**　雖然…、但是…

例句　良い商品を揃えているにもかかわらず、売上が上がらない。。

儘管備齊了各種優良產品，銷售依然沒有提升。

小知識大補帖

▶ 情緒相關的單字

單　字	意　思
うきうき （樂不可支）	楽しそうなことを期待して、うれしさのあまり落ち着いていられない様子 （盼望愉快的事情到來，高興得平靜不下來的樣子）
わくわく （興奮）	期待または心配などで、心が落ち着かず胸が騒ぐ様子 （因為期待或擔憂的事情，興奮得無法平靜下來的樣子）
楽しい （愉快）	満ち足りていて、愉快な気持ちである。 （很滿足，心情很愉快。）
嬉しい （高興）	物事がうまくいって、満足できるようになり、明るく快い気持ちである。 （由於事情進展順利而感到滿意，快活愉悦的心理狀態。）
有頂天 （得意忘形）	うれしくなって、何もかも忘れてしまい、じっとしていられない様子。冷静でないという否定的な意味でも使う。 （高興得忘了一切，欣喜若狂的樣子。也用在不夠冷靜的負面意思。）
退屈（な） （無聊）	何もすることがなかったり、興味のあることがなくて、つまらない （無事可做，或是什麼都覺得沒意思，很無趣）
わびしい （寂寞）	ひっそりとして寂しかったり、見た感じがとても貧しかったりする様子 （幽靜寂寞的感覺，或是看起來顯得十分寒酸的樣子）
不機嫌（な） （不高興）	「機嫌がいい」の反対の意味で、楽しいことやいいことがなくて愉快でない様子 （跟「高興」的意思相反，因為沒有什麼高興的事或喜事，而心情不好的樣子）
むしゃくしゃ （と） （心情煩躁）	何か嫌なことや、腹の立つこととがあって、静かな気持ちでいられない様子。 （遇到討厭或叫人生氣的事，致使心情無法平靜的樣子）
かっと （突然發怒）	激しい怒りの気持ちが急に起こる様子 （突然大發脾氣的樣子）

[理解內容／中文] **109**

次の（1）から（3）の文章を読んで、後の問いに対する答えとして最もよいものを、1・2・3・4から一つ選びなさい。

（1）

　仕事がら私は、たくさんの論文を読まなくてはならない。いろいろ読むと、こりゃわかりやすくてすごくうれしい論文だ！というものと、これは難しいとイライラする論文がある。たしかに、難しい言葉が連発される（注1）とたいへんだ。とくに、外国語の論文だと辞書をひかなくてはならないから、もっとたいへん。

　Comestiblesという単語に出くわす。わからんぞと辞書を引くと「食料品」とある。Foodと言わんかいオンドリャー！と思わず言いたくなる。

　でも、こういうのは①本当の「難しい論文」ではない。私にとって、本当に難しくて読みにくい論文というのは、構成がはっきりしない論文のことだ。こういう論文は高名な学者の書いたものの中にもある。ということは、彼らはわざとやっているのだろうか？②構成がなかなかつかめないとどうなるか。いま読んでいる箇所は筆者の主張なのだろうか、それとも筆者が叩こう（注2）としている相手の主張なのだろうか。そもそも筆者は、いくつの見解を検討しているんだろうか。ここで出てきた問題は、さっきの問題と同じ問題なのか違うのか。あああ、だんだん頭が混乱してきた。ムキー……と、こういうことになる。

　読みづらいということは、難しい言葉で書かれていることではない。構成を見通すことができないということなのだ。キミたちや私が、その分野をリードする (注3) 最高峰の学者だったら、どんなに読みづらい論文を書いても、みんな我慢して読んでくれるだろう。③でも、それは少数者の特権 (注4) としておこう。

　　　　（戸田山和久『論文の教室　レポートから卒論まで』日本放送出版協会による）

（注1）連発される：連続して発される

（注2）叩く：打つ、ぶつということだが、ここでは批判するという意味

（注3）リードする：集団の先頭に立って進むこと

（注4）特権：特別な権利

60　筆者の考える①本当の「難しい論文」とは、どういうものか。

1　難しい外国語をたくさん使っているもの

2　多くの学者の考えを並べて比較しているもの

3　筆者の主張と、他の学者の主張に似ているところがあるもの

4　筆者の主張しようとしていることが何かを理解するのが困難なもの

61 ②構成がなかなかつかめないとあるが、その例として筆者が挙げていないのはどれか。

1 今読んでいる部分とさっき読んだ部分は、テーマが違うのかどうか分からない。

2 検討している見解が多すぎるために、筆者の見解がどれなのか分からない。

3 筆者がいくつの説を比べているのか分からない。

4 今読んでいる箇所に書かれているのが誰の意見なのか分からない。

62 ③でも、それは少数者の特権としておこうとあるが、ここで筆者が言いたいことは何か。

1 彼らは高名な学者だから、読みづらい論文を書くのは当然だ。

2 論文を書くのが苦手な学者は、早く有名になって特権を手に入れればよい。

3 自分たちは多くの人に読んでもらえるよう、読みやすい論文を書こう。

4 大部分の学者には、読みづらい論文を書いてもいい特権を与える必要はない。

(2)

　テレビでよく目撃（注1）する光景ですが、犯罪で捕まった人について、「どんな人でした？」とインタビューすると、必ずといっていいほど、「そんなふうにはみえなかった」とか「よく挨拶してくれて真面目でいい人だった」などといった返事がかえってきますよね。あるいは、「まさか、わが子が……」みたいな話も、よく聞かれるわけです。

　これはまさに、この人間はこういう人なんだゾーというように、たったひとつの人格で他人のことをとらえている証拠（注2）です。固定化された先入観（注3）です。

　でも、①それはまったくちがうんですよ。

　実際には、どんな人間でもたくさんの人格、つまり②「役割」を演じて（注4）いるのです。だから役割理論と呼ぶんです。「演じる」というと少し違和感があるかもしれませんが、だれでもごく自然に、日常生活でいろんな人格を演じています。

　たとえば、会社にいきますよね。そうすると、××係長とか○○責任者とかいった肩書きがあって、名刺があります。自分専用の椅子があって、机があって、期待されている役割というものがあります。

　社会人として、その肩書きや役割に応じた人格というものがあるわけです。

　だから、どんなに陽気な人でも、会社でいきなり裸踊りをはじめたりはしないですよね。

　ところが、その人が自宅に帰って「ただいま」といった瞬間に、子供が「パパお帰りなちゃーい」とくるわけです。

　すると今度は、会社における人格とはまったくべつで、パパとしての自分を演じはじめるんです。

（竹内薫『９９．９％は仮説　思いこみで判断しないための考え方』光文社
新書による）

（注１）目撃：（その場で）実際にはっきり見ること
（注２）証拠：事実はこうだというための理由となるもの
（注３）先入観：思い込み
（注４）演じる：劇などの役を務める

| 63 | ①それとは何か。

1　ふだん目にしている姿や様子だけが、その人のすべてだと思うこと

2　罪を犯す人は、表面上はみんな真面目に見えること

3　親に信用されている子どもほど、悪いことをしやすいこと

4　犯罪で捕まった人についてインタビューされた人は、必ず驚くこと

64 ②「役割」を演じているの例として正しいものはどれか。

1 自分も今日から課長になるのだから、これからはもう少し落ち着いて行動しなければいけないな。

2 自分でできるといって引き受けた仕事だから、絶対に完成させます。

3 はじめて主役を務めるのだから、今度の舞台は必ず成功させたい。

4 ゆうべの飲み会では、だんだん楽しくなってとうとう裸踊りをしてしまった。

65 この文章で筆者がいちばん言いたいことは何か。

1 犯罪者でもいい人の部分があるのは、驚くべきことではない。

2 私達は、この人はこういう人と思い込みがちだ。

3 人にはたくさんの面があり、その場に応じて使い分けている。

4 他人について、先入観を持つのはいけないことだ。

(3)

　私が小・中学生の頃（三十年ほど前の話です）、理科の授業では、観察ということが特に強調されていたように思います（あるいは今でもそうかも知れません）。事実をありのまま (注1) に見て記述せよ。先入観を捨てて観察すれば、自然の中にひそむ (注2) 法則を見出す (注3) 事ができるに違いない。観察を強調する背景には、このような思想があったように思われます。観察される出来事は、すべてある特定の時と場所で起こる一回起性 (注4) の出来事です。このような一回起性の出来事をいくつも観察して、そこから共通の事実を見出す事を①「帰納」と呼びます。また共通の事実は通常、「法則」と呼ばれます。帰納により正しい法則を見出す事こそ、科学者のとるべき方法であると主張する思想的立場が帰納主義です。これはまた、観察、すなわち経験を重視する立場でもありますから、②そちらにウェートを置く (注5) ときは、経験主義とも呼ばれます。

　あなたが、ある時、家の前を飛んでいるカラスをみたら黒かった、という経験をしたとします。また別のある時、お寺の屋根にとまっているカラスも黒かった、畑で悪さをしていたカラスも黒かった、というようないくつもの経験を重ねて、「カラスは黒い」という言明 (注6) をしたとします。おおげさに言えば、あなたは③帰納主義的方法により法則を見出した事になります。

（池田清彦『構造主義科学論の冒険』講談社学術文庫による）

（注１）ありのまま：実際にあるとおり

（注２）ひそむ：隠れている

（注３）見出す：発見する

（注４）一回起性：一回だけ起こること

（注５）ウェートを置く：重視する

（注６）言明：言葉に出してはっきりと言うこと

66 ①「帰納」の説明として、正しいものはどれか。

1 いくつかの法則を比較して、どれが最も事実に近いかを見出すこと

2 いくつかの出来事を見比べて、どれにも当てはまる事実を見出すこと

3 特定の場所と時間で起こる出来事を一回だけ観察して、法則を見出すこと

4 自分が実際に見た出来事を、そのまま書き記すこと

67 ②そちらとは何か。

1 観察した結果から法則を見出すこと

2 科学者のとるべき方法を主張すること

3 科学者がいろいろなことを経験すること

4 繰り返し見たり、聞いたり、やってみたりすること

68 ③<u>帰納主義的方法により法則を見出した</u>例として近いものはどれか。

1 象は陸上で一番大きい動物だと図鑑に書いてあった。だから、今、動物園で見ている象も一番大きいに違いない。

2 日本人の平均寿命は約80歳だから、自分も80歳まで生きられるに違いない。

3 あるレストランについて100人にアンケートしたところ、全員がおいしいと答えたので、その店はおいしいに違いない。

4 「絶対おいしいご飯が炊ける方法」という本に書いてある通りにご飯を炊いてみたから、このご飯はおいしいに違いない。

次の（1）から（3）の文章を読んで、後の問いに対する答えとして最もよいものを、1・2・3・4から一つ選びなさい。

（1）

　仕事がら私は、たくさんの論文を読まなくてはならない。いろいろ読むと、こりゃわかりやすくてすごくうれしい論文だ！というものと、これは難しいとイライラする論文がある。たしかに、難しい言葉が連発される（注1）とたいへんだ。とくに、外国語の論文だと辞書をひかなくてはならないから、もっとたいへん。

　Comestiblesという単語に出くわす。わからんぞと辞書を引くと「食料品」とある。Foodと言わんかいオンドリャー！と思わず言いたくなる。

　でも、こういうのは①本当の「難しい論文」ではない。私にとって、本当に難しくて読みにくい論文というのは、構成がはっきりしない論文のことだ。こういう論文は高名な学者の書いたものの中にもある。ということは、彼らはわざとやっているのだろうか？②構成がなかなかつかめないとどうなるか。いま読んでいる箇所は筆者の主張なのだろうか、それとも筆者が叩こう（注2）としている相手の主張なのだろうか。そもそも筆者は、いくつの見解を検討しているんだろうか。ここで出てきた問題は、さっきの問題と同じ問題なのか違うのか。あああ、だんだん頭が混乱してきた。ムキー……と、こういうことになる。

　読みづらいということは、難しい言葉で書かれていることではない。構成を見通すことができないということなのだ。キミたちや私が、その分野をリードする（注3）最高峰の学者だったら、どんなに読みづらい論文を書いても、みんな我慢して読んでくれるだろう。③でも、それは少数者の特権（注4）としておこう。

（戸田山和久『論文の教室　レポートから卒論まで』日本放送出版協会による）

（注1）連発される：連続して発される
（注2）叩く：打つ、ぶつという意味だが、ここでは批判するという意味
（注3）リードする：集団の先頭に立って進むこと
（注4）特権：特別な権利

（右側欄外の吹き出し）
60題 關鍵句
61題 關鍵句
62題 關鍵句

請閱讀下列（1）～（3）的文章並回答問題。請從選項1・2・3・4當中選出一個最恰當的答案。

(1)

　　由於工作關係，我必須要看各式各樣的論文。看了許多下來，我發現有的論文會讓人覺得這淺顯易懂，是篇讓人開心的論文，也有論文讓人覺得這個好難，讀起來不耐煩。如果艱深用語不斷連發（注1），的確會讓人讀來辛苦。特別是讀外語論文一定要查字典，所以更加辛苦。

　　我偶然看到 Comestibles 這個單字。不曉得意思，翻了字典才發現是「食品」。這讓我不自覺想吐出「為什麼不說 Food 呢你這傢伙！」。

　　可是，這種不是①真正的「困難的論文」。對我而言，真正艱深難懂的論文是架構不明顯的論文。這種論文也會出現在著名的學者作品當中。這麼說起來，是他們刻意這樣寫的嗎？②不太能掌握架構會怎樣呢？現在在讀的地方是作者的主張？還是作者想針對對手的看法進行敲擊（注2）呢？話說回來作者到底是在探討幾個見解呢？這裡出現的問題，和剛剛的問題是一樣的還是不同的呢？啊啊啊，腦子漸漸地混亂起來。真火大…就會造成這樣的結果。

　　所謂的「不好讀」不是指用很難的字眼撰寫，而是指無法看透架構。如果你們和我都是引領（注3）該領域的頂尖學者，就算寫出來的論文再怎麼難讀，大家都還是會忍耐拜讀吧？③但要把它當成是少數人的特權（注4）喔。

（選自戶田山和久『論文教室　從報告到畢業論文』日本放送出版協會）

（注1）連發：接連發出
（注2）敲擊：原意是打、敲，在這裡指的是攻擊
（注3）引領：身處集團的前列而前進
（注4）特權：特別的權利

論文可以分成好讀的論文和難讀的論文。特別是用語艱深的外語論文讀來更辛苦。

承接上段，作者舉出用語艱深的外語論文的例子。

話題一轉，作者指出真正難懂的其實是架構不清的論文。

結論。作者以打趣的方式暗示讀者要寫好懂的論文。

--- Answer **4**

60 筆者の考える①本当の「難しい論文」とは、どういうものか。

1 難しい外国語をたくさん使っているもの

2 多くの学者の考えを並べて比較しているもの

3 筆者の主張と、他の学者の主張に似ているところがあるもの

4 筆者の主張しようとしていることが何かを理解するのが困難なもの └文法詳見 P126

60 作者認為的①真正的「困難的論文」是什麼論文呢？

1 使用很多困難外語的論文

2 並列並比較許多學者想法的論文

3 作者的主張和其他學者的主張有相似之處的論文

4 難以理解作者想主張的事物為何的論文

--- Answer **2**

61 ②構成がなかなかつかめないとあるが、その例として筆者が挙げていないのはどれか。

1 今読んでいる部分とさっき読んだ部分は、テーマが違うのかどうか分からない。

2 検討している見解が多すぎるために、筆者の見解がどれなのか分からない。

3 筆者がいくつの説を比べているのか分からない。

4 今読んでいる箇所に書かれているのが誰の意見なのか分からない。

61 文中提到②不太能掌握架構，作者沒有舉出的例子為何？

1 不知道現在讀到的部分和剛剛讀過的部分，主題有沒有一樣。

2 因為探討的見解太多了，不知道作者的見解到底是哪一個。

3 不知道作者正在比較幾個學說。

4 不知道現在讀到的地方所寫的究竟是誰的意見。

解題關鍵就在「私にとって、本当に難しくて読みにくい論文というのは、構成がはっきりしない論文のことだ」（對我而言，真正艱深難懂的論文是架構不明顯的論文）。接著舉出了幾個架構掌握不好的例子，說明這樣的論文只會讓讀者越讀越混亂。所以4是正確答案。

選項2雖然可以對應「そもそも筆者は、いくつの見解を検討しているんだろうか」（話說回來作者到底是在探討幾個見解呢），但這只是架構不明顯的論文帶來的其中一個壞處而已，作者並沒有說論文中如果出現許多學者想法就會很難懂。所以選項2是錯的。

選項3也是錯的。困難的論文是因為架構不明顯，讓人不懂哪個主張是哪個人的，並不是因為作者的主張很像其他學者的主張。

劃線部分在「でも、こういうのは本当の『難しい論文』ではない」（可是，這種不是真正的「困難的論文」）。這邊用「でも」和「ではない」否定「こういうの」，表示前面所說的都不是真正的困難論文。從「難しい言葉が連発される」（艱深用語不斷連發）、「とくに、外国語の論文」（特別是外語論文）可知「こういうの」是指使用很多艱深字眼，特別是用外語寫成的論文，而這樣的論文不是真正的困難論文。所以選項1是不正確的。

選項4對應文中「いま読んでいる箇所は筆者の主張なのだろうか、それとも筆者が叩こうとしている相手の主張なのだろうか」（現在在讀的地方是作者的主張？還是作者想針對對手的看法進行敲擊呢），這是文中有舉出的例子。

選項3對應「そもそも筆者は、いくつの見解を検討しているんだろうか」（話說回來作者到底是在探討幾個見解呢），這是文中有舉出的例子。

選項1對應「ここで出てきた問題は、さっきの問題と同じ問題なのか違うのか」（這裡出現的問題，和剛剛的問題是一樣的還是不同的呢），容易讓人搞不清楚問題究竟有沒有重複出現，這是文中有舉出的例子。

唯一沒有對應到本文的是選項2。文章中沒有提到「検討している見解が多すぎる」（探討的見解太多了），所以答案是選項2。

這一題考的是劃線部分，問的是劃線部分的舉例，並要小心題目問的是「作者沒有舉出的例子」。

62　③でも、それは少数者の特権としておこうとあるが、ここで筆者が言いたいことは何か。

1　彼らは高名な学者だから、読みづらい論文を書くのは当然だ。

2　論文を書くのが苦手な学者は、早く有名になって特権を手に入れればよい。

3　自分たちは多くの人に読んでもらえるよう、読みやすい論文を書こう。

4　大部分の学者には、読みづらい論文を書いてもいい特権を与える必要はない。

62　文中提到③但要把它當成是少數人的特權喔，作者的這句話是想表示什麼呢？

1　他們是知名學者，所以寫難讀的論文也是理所當然的。

2　不擅長寫論文的學者只要盡快成名就能得到特權。

3　為了讓很多人讀我們的論文，來寫好讀的論文吧。

4　沒必要給大多數的學者可以寫難讀論文的特權。

□ こりゃ　「これは」的口語形式，表驚訝語氣
□ 連発　連發，接連發出
□ 出くわす　偶然遇見，碰到
□ 構成　架構
□ 高名　著名

□ 箇所　（特定的）地方，部分
□ 叩く　敲擊；批判
□ 見解　見解，看法
□ 混乱　混亂，雜亂
□ ムキー　擬聲擬態語，表憤怒之意

首先來看看「それ」，也就是「少数者の特権」是什麼。文章中如果出現「そ」開頭的指示詞，指的通常是前不久提到的人事物。「それ」就藏在劃線部分的上一句：「キミたちや私が、その分野をリードする最高峰の学者だったら、どんなに読みづらい論文を書いても、みんな我慢して読んでくれるだろう」（如果你們和我都是引領該領域的頂尖學者，就算寫出來的論文再怎麼難讀，大家都還是會忍耐拜讀吧）。「それ」就是指「読みづらい論文を書く」（寫難讀的論文）這個行為。而「少数者」指的就是「最高峰の学者」（頂尖學者）。

寫難讀論文是頂尖學者的特權，這句話暗示「如果不是頂尖學者，寫出難懂的論文是沒有人要看的」。其實作者是想表示，如果想要大家看自己的論文，就要寫出好懂的論文，也就是架構要分明，不要讓讀者搞不清楚這篇論文的架構。選項 3 呼應了這點，正確答案是選項 3。

① 這一題考的是劃線部分的內容。劃線部分在文章最後一句：「でも、それは少数者の特権としておこう」（但要把它當成是少數人的特權喔）。不妨從這個段落找出答案。

至於其他選項，作者在文章當中都沒有提到這些論點，所以都是錯的。

□ 見通す 看透

□ リード【lead】 引領，領導

□ 特権 特權

□ 説 學說；説法

翻譯與解題 ② 【問題 11－(1)】

❷ 重要文法

> 【動詞意向形】＋ようとする。表示動作主體的意志、意圖。

❶ ようとする　想…、打算…

例句 そのことを忘れようとしましたが、忘れられません。

我想把那件事給忘了，但卻無法忘記。

❷ 小知識大補帖

▶各種副詞

疑問	いったい（到底）、はたして（究竟）
否定	決して（絕不…）、必ずしも（未必）、とうてい（怎麼也（不）…）
依頼、命令、願望	ぜひ（務必）、なんとか（想辦法）、どうか（設法）、どうぞ（設法）
推測	たぶん（大概）、おそらく（恐怕）、さぞ（想必…）、まず（大體上）、どうも（似乎）、どうやら（彷彿）
傳聞	何でも（據説是…）
比喻	まるで（簡直像是）、あたかも（宛如）
感嘆	なんと（何等）、なんて（多麼）
條件、讓步	もし（如果）、万一（萬一）、かりに（假設）、たとえ（即使）、いくら（即使是…）、いかに（怎麼也）
評價	当然（當然）、あいにく（不湊巧）、さいわい（幸虧）、むろん（當然）、たまたま（碰巧）
發言	実は（其實）、いわば（可以説是…）、例えば（舉例來説）、概して（一般而言）
限定	特に（特別是…）、ことに（格外）、単に（只不過是…）

Memo

(2)

　テレビでよく目撃（注1）する光景ですが、犯罪で捕まった人について、「どんな人でした？」とインタビューすると、必ずといっていいほど、「そんなふうにはみえなかった」とか「よく挨拶してくれて真面目でいい人だった」などといった返事がかえってきますよね。あるいは、「まさか、わが子が……」みたいな話も、よく聞かれるわけです。

└文法詳見 P134

　これはまさに、この人間はこういう人なんだゾーというように、たったひとつの人格で他人のことをとらえている証拠（注2）です。固定化された先入観（注3）です。

63 題
關鍵句

　でも、①それはまったくちがうんですよ。

　実際には、どんな人間でもたくさんの人格、つまり②「役割」を演じて（注4）いるのです。だから役割理論と呼ぶんです。「演じる」というと少し違和感があるかもしれませんが、だれでもごく自然に、日常生活でいろんな人格を演じています。

64 題
關鍵句

65 題
關鍵句

　たとえば、会社にいきますよね。そうすると、××係長とか○○責任者とかいった肩書きがあって、名刺があります。自分専用の椅子があって、机があって、期待されている役割というものがあります。

　社会人として、その肩書きや役割に応じた人格というものがあるわけです。

└文法詳見 P134

　だから、どんなに陽気な人でも、会社でいきなり裸踊りをはじめたりはしないですよね。

　ところが、その人が自宅に帰って「ただいま」といった瞬間に、子供が「パパお帰りなちゃーい」とくるわけです。

　すると今度は、会社における人格とはまったくべつで、パパとしての自分を演じはじめるんです。

（竹内薫『９９．９％は仮説　思いこみで判断しないための考え方』光文社新書による）

（注1）目撃：（その場で）実際にはっきり見ること
（注2）証拠：事実はこうだというための理由となるもの
（注3）先入観：思い込み
（注4）演じる：劇などの役を務める

(2)

　電視上常常可以目睹（注1）這種畫面吧？針對被捕的罪犯，訪問人們「他是怎樣的人呢」的時候，幾乎是每個人都一定會這麼回答：「看不出來他會做這種事」、「他常常跟我們打招呼，是個老實的好人」，或是「我們家的孩子怎麼可能會…」，這樣的發言也經常可以聽到。

　這簡直就像是在說「這個人就是這樣的人喔」，是只以一個人格就來評斷他人的證據（注2）。是僵化的先入為主的觀念（注3）。

　然而，事情並非①如此。

　事實上，不管是什麼樣的人都在扮演（注4）許多的人格，也就是②扮演「角色」。所以我們才稱之為角色理論。用「扮演」這個詞或許會覺得有點怪怪的，不過，不管是誰都非常自然地，在日常生活當中扮演各式各樣的人格。

　比如說，我們會去公司上班吧？如此一來，就會有××股長、○○負責人這些頭銜，以及名片。有自己專用的椅子、辦公桌，有被寄予厚望的角色。

　做為一個社會人士，當然就有符合該頭銜或角色的人格。

　因此，再怎麼開朗的人，也不會在公司突然就脫光光跳起舞來對吧？

　不過，這種人回到自家，一說「我回來了」，他的小孩就會回應「爸爸你肥來囉」。

　如此一來，這回就和在公司的人格有著天壤之別，開始扮演身為爸爸的自己。

　　　　　（選自竹內薰『99.9%是假說 不靠固執念頭來下判斷的思考

　　　　　　　　　　　　　方式』光文社新書）

（注1）目睹：（在現場）實際清楚地看見

（注2）證據：說明事情就是如此，可以成為理由的東西

（注3）先入為主的觀念：固執念頭

（注4）扮演：擔任戲劇等的角色

作者以採訪罪犯週遭的人為例，帶出整篇文章的話題。

承接上段，作者認為單憑一個人格就對整個人下定論，是種僵化的先入為主的觀念。

話題轉折。

作者指出每個人在日常生活中都扮演許多角色。

承接上段，舉例說明。

承接上段，說明社會人士在工作時有其相應的人格。

再度舉例，有孩子的社會人士下班回家後的情形。

承接上段，此人的身份又從社會人士轉換成孩子的父親。

Answer **1**

63 ①それとは何か。

1 ふだん目にしている姿や様子だけが、その人のすべてだと思うこと

2 罪を犯す人は、表面上はみんな真面目に見えること

3 親に信用されている子どもほど、悪いことをしやすいこと

4 犯罪で捕まった人についてインタビューされた人は、必ず驚くこと

63 ①如此指的是什麼呢？

1 認為平時看到的姿態或樣子，就是這個人的全貌

2 犯罪的人表面上看起來都是老實人

3 越是被父母信賴的小孩，越容易做壞事

4 針對犯罪被捕的人進行採訪，受訪者都一定會吃驚

Answer **1**

64 ②「役割」を演じているの例として正しいものはどれか。

1 自分も今日から課長になるのだから、これからはもう少し落ち着いて行動しなければいけないな。

2 自分でできるといって引き受けた仕事だから、絶対に完成させます。

3 はじめて主役を務めるのだから、今度の舞台は必ず成功させたい。

4 ゆうべの飲み会では、だんだん楽しくなってとうとう裸踊りをしてしまった。

64 下列哪一個是②扮演「角色」的正確舉例呢？

1 我也是從今天開始當上課長，所以今後必須較為冷靜地採取行動了啊。

2 這是我表示自己可以辦得到而接下的工作，所以一定會完成它。

3 這是我第一次擔任主角，所以一定要讓這次的演出成功。

4 昨晚的飲酒聚會上玩得越來越開心，終於裸體跳舞了。

解題關鍵就在第二段。這個「それ」指的是「たったひとつの人格で他人のことをとらえている」（只以一個人格就來評斷他人的證據），也就是「固定化された先入観」（僵化的先入為主的觀念）。

正確答案是1。只看到一個人平時的樣子，就認為這就是他的全部，這個敘述可以對應到「たったひとつの人格で他人のことをとらえている」（只以一個人格就來評斷他人的證據）。

選項4錯誤，因為這個敘述是「固定化された先入観」（僵化的先入為主的觀念），只是「それ」的一個例子而已。

這一題問的是劃線部分的內容。劃線部分在第三段：「でも、それはまったくちがうんですよ」（然而，事情並非如此）。「そ」開頭的指示詞指的就是不久前提到的人事物，可以回到前文去找出「それ」的實際內容。

選項2不正確。文章裡面雖然有提到常有人覺得罪犯看起來是個老實人，但並沒有說每個罪犯看起來都很老實。

選項3不正確。文章通篇都沒有提到越是被父母信任的小孩就越會做壞事。

選項1是正確答案。考量到自己晉升為課長，應該要冷靜行事才有主管的樣子。

選項2和「扮演角色」沒什麼關聯，所以不是正確的例子。

選項3的「主角」是指舞台上的主角，不是指日常生活中的角色、人格，所以也不是一個很適合的例子。

選項4是錯的。這個選項敘述和所謂的「角色」、「人格」並無關聯。出題者只是想用在文章中出現過的「裸踊り」（裸體跳舞）這個單字來設陷阱。

這一題問的是劃線部分。必須先弄清楚劃線部分的意思，才能正確地選出適當的例子。

劃線部分「実際には、どんな人間でもたくさんの人格、つまり『役割』を演じているのです」（事實上，不管是什麼樣的人都在扮演許多的人格，也就是扮演「角色」）。作者提出了「扮演角色」的論點，接著舉例說明。由此可見，「『役割』を演じている」（扮演「角色」）就是指人們會順應不同的時間、場合、對象，去表現出他在當下應該有的樣子。

Answer **3**

---

65 この文章で筆者がいちばん言いたいことは何か。

1 犯罪者でもいい人の部分があるのは、驚くべきことではない。

2 私達は、この人はこういう人と思い込みがちだ。

3 人にはたくさんの面があり、その場に応じて使い分けている。

4 他人について、先入観を持つのはいけないことだ。

65 這篇文章當中作者最想表達的是什麼呢？

1 即使是罪犯也有好人的一面，不必驚訝。

2 我們容易有「這個人就是這樣的人」的先入為主的觀念。

3 人有很多面相，且順應場合分別使用。

4 對於他人不應該有著先入為主的觀念。

□ 目撃 目睹

□ あるいは 或是

□ まさか 怎能，怎會

□ まさに 就像是，簡直

□ 人格 人格；人品

□ とらえる 抓住，捕捉

□ 証拠 證據

□ 固定化 僵化；固定

□ 先入観 先入為主的觀念；成見

□ 役割 角色

□ 演じる 扮演

□ 理論 理論

□ 違和感 不對勁的感覺

□ 係長 股長

□ 肩書き 頭銜；地位

□ 専用 專用，專屬

□ 陽気 活潑；熱鬧

這篇文章以「役割理論」（角色理論）貫穿全文。開頭提出受訪者對於罪犯的印象，只是一個引言，用來帶出主題「角色理論」而已。所以和「犯罪者」有關的敘述不可能是這篇文章的整體重點，選項1是錯的。

選項2也是錯的。它對應到「これはまさに、この人間はこういう人なんだゾーというように、たったひとつの人格で他人のことをとらえている証拠です」（這簡直就像是在說「這個人就是這樣的人喔」，只是以一個人格就來評斷他人的證據）。這是作者為了引出本文重點「役割理論」，才提到「固定化された先入観」（僵化的先入為主的觀念），而這並不是全文的重點所在。

選項4錯誤的地方在「先入観を持つのはいけない」（不應該有著先入為主的觀念）。作者提到「先入観」的時候並沒有加入個人的是非評論，也沒有要讀者不要抱持這種先入為主的觀念。

這一題問的是作者最想表達的內容，也就是文章的主旨。可以用刪去法來作答。

正確答案是選項3。這對應「だれでもごく自然に、日常生活でいろんな人格を演じています」（不過，不管是誰都非常自然地，在日常生活當中扮演各式各樣的人格），表示我們會在日常生活中扮演各式各樣的人格。

□ いきなり　突然
□ 瞬間（しゅんかん）　瞬間，剎那
□ 落ち着く（おつく）　冷靜，沉著
□ 行動（こうどう）　行動；行為
□ 引き受ける（ひうける）　接下；承擔
□ 主役（しゅやく）　主角，中心人物
□ 思い込む（おもこむ）　認定，確信
□ 面（めん）　面相，樣子

重要文法

【形容動詞詞幹な；[形容詞・動詞] 普通形】＋わけだ。表示按事物的發展，事實、狀況合乎邏輯地必然導致這樣的結果。

❶ **わけだ** 當然…、怪不得…

例句 学生時代にスケート部だったから、スケートが上手なわけだ。

學生時代是溜冰社團團員，難怪溜冰這麼拿手。

【名詞】＋に応じて。表示按照、根據。前項作為依據，後項根據前項的情況而發生變化。

❷ **に応じて／に応じた**

根據…、按照…

例句 選手の水準に応じて、トレーニングをやらせる。

根據選手的程度，做適當的訓練。

小知識大補帖

▶ 各種性格的說法

【あ行】		
明るい（開朗的）	いい加減な（隨便的，敷衍的）	落ち着きがない（不穩重的）
温かい（溫暖的，熱情的）	怒りっぽい（易怒的）	おとなしい（老實的，乖巧的）
甘えん坊（愛撒嬌的）	おしゃべりな（健談的；長舌的；大嘴巴）	
【か行】		
かたくるしい（拘謹的，古板的）	頑固な（頑固的）	きつい（苛薄的；難相處的）
勝ち気な（好強的）	気が強い（好強的）	きまじめな（一本正經的）
変わった（古怪的）	気が弱い（懦弱的）	暗い（陰沉的）
けちな（吝嗇的）		

【さ行】	
しつこい（固執煩人的）	親切な（親切的） しんせつ
小心者（膽小的人） しょうしんもの	せっかちな（性急的）

【た行】		
頼りない（不可靠的） たよ	単純な（單純的） たんじゅん	でしゃばりな （愛管閒事的；愛出風頭的）
だらしない（散漫的）	調子に乗りやすい ちょうし の （容易得意忘形的）	鈍感な（遲鈍的） どんかん
短気な（個性急躁的） たん き	冷たい（冷酷的） つめ	

【な行】		
泣き虫（愛哭鬼） な むし	涙もろい（愛哭的） なみだ	鈍い（遲鈍的） にぶ
生意気な（自大狂妄的） なま い き	なれなれしい （愛裝熟的）	のんきな （悠哉的，慢郎中）

【は行】		
激しい はげ （情緒激動的）	反抗的な はんこうてき （愛唱反調的）	ぼーっとした （反應慢的，不機伶的）
八方美人 はっぽう び じん （八面玲瓏）	ふざけた （愛開玩笑的，胡鬧的）	

【ま行】		
負けず嫌いな ま ぎら （好勝心重的）	無口な（沉默寡言的） む くち	面倒くさがりな めんどう （怕事的，怕麻煩的）
真面目な（認真的） ま じ め	無責任（沒責任感的） む せきにん	

【ら行】
ルーズな（不嚴謹的，隨便的）

(3)

　私が小・中学生の頃（三十年ほど前の話です）、理科の授業では、観察ということが特に強調されていたように思います（あるいは今でもそうかも知れません）。事実をありのまま（注1）に見て記述せよ。先入観を捨てて観察すれば、自然の中にひそむ（注2）法則を見出す（注3）事ができるに違いない。観察を強調する背景には、このような思想があったように思います。観察される出来事は、すべてある特定の時と場所で起こる一回起性（注4）の出来事です。**このような一回起性の出来事をいくつも観察して、そこから共通の事実を見出す事を①「帰納」と呼びます。**また共通の事実は通常、「法則」と呼ばれます。帰納により正しい法則を見出す事こそ、科学者のとるべき方法であると主張する思想的立場が帰納主義です。**これはまた、観察、すなわち経験を重視する立場でもありますから、②そちらにウェートを置く（注5）ときは、経験主義とも呼ばれます。**

　あなたが、ある時、家の前を飛んでいるカラスをみたら黒かった、という経験をしたとします。また別のある時、お寺の屋根にとまっているカラスも黒かった、畑で悪さをしていたカラスも黒かった、というような**いくつもの経験を重ねて、「カラスは黒い」という言明（注6）をしたとします。おおげさに言えば、あなたは③帰納主義的方法により法則を見出した事になります。**

（池田清彦『構造主義科学論の冒険』講談社学術文庫による）

（注1）ありのまま：実際にあるとおり
（注2）ひそむ：隠れている
（注3）見出す：発見する
（注4）一回起性：一回だけ起こること
（注5）ウェートを置く：重視する
（注6）言明：言葉に出してはっきりと言うこと

66題
關鍵句

67題
關鍵句

68題
關鍵句

(3)

　　還記得在我小學、中學時期（大約是三十年前的事了），理科課堂上會特別強調觀察這個動作（或許現在也還是這樣）。把事實據實（注1）地觀看記錄下來！只要拋開成見進行觀察，就一定能將潛藏（注2）在自然當中的定律給找出來（注3）。在強調觀察的背後，總覺得似乎存在著這樣的思想。觀察的事件全是在某個特定時間、地點的一次性（注4）事件。觀察好幾個這樣的一次性事件，從中找出共通的事實，就叫做①「歸納」。此外，共通的事實通常稱為「定律」。主張科學家應該經由歸納找出正確的定律，這種思維的觀點就是歸納主義。由於這也是重視觀察，也就是經驗的觀點，所以，著重（注5）②這點時，也稱為經驗主義。

歸納主義就是藉由觀察幾個一次性事件，然後從中找出規則定律。

　　假設你看過飛過家門前的烏鴉是黑色的。此外，你有一次看到停在寺廟屋簷上的烏鴉也是黑色的，而在田裡作亂的烏鴉也是黑色的。像這樣的經驗重複幾次之後，你斷言（注6）「烏鴉是黑色的」。說得誇張一點，你就是③用歸納主義的方法找出定律。

舉觀察烏鴉顏色的例子解釋歸納主義。

（選自池田清彥『構造主義科學論的冒險』講談社學術文庫）

（注1）據實：如同實際情況
（注2）潛藏：隱藏
（注3）找出來：發現
（注4）一次性：只發生一次
（注5）著重：重視
（注6）斷言：化作言語明確地說出

--- Answer **2**

66 ①「帰納」の説明として、正しいものはどれか。

1 いくつかの法則を比較して、どれが最も事実に近いかを見出すこと

2 いくつかの出来事を見比べて、どれにも当てはまる事実を見出すこと

3 特定の場所と時間で起こる出来事を一回だけ観察して、法則を見出すこと

4 自分が実際に見た出来事を、そのまま書き記すこと

66 關於①「歸納」的説明，下列何者正確？

1 比較幾個定律，找出哪一個是最接近事實的

2 比較幾個事件，找出一個符合全體的事實

3 只觀察一次在特定地點、時間發生的事件，找出定律

4 將自己實際上看到的事件，如實記錄下來

--- Answer **4**

67 ②そちらとは何か。

1 観察した結果から法則を見出すこと

2 科学者のとるべき方法を主張すること

3 科学者がいろいろなことを経験すること

4 繰り返し見たり、聞いたり、やってみたりすること

67 ②這點指的是什麼呢？

1 從觀察到的結果找出定律

2 主張科學家應該採取的方法

3 科學家經歷過各式各樣的事物

4 反覆看、反覆聽、反覆做

選項1錯誤的地方在「いくつかの法則を比較して」（比較幾個定律），歸納應該是要觀察事件找出定律，而不是比較定律。

選項2是正確答案。剛好對應「このような一回起性の出来事をいくつも観察して、そこから共通の事実を見出す事を『帰納』と呼びます」（觀察好幾個這樣的一次性事件，從中找出共同的事實，就叫做「歸納」）。

選項3是錯的。錯誤的地方在「一回だけ観察して」（只觀察一次），原文說的是要多觀察幾個一次性事件，而不是說只要觀察一次。

選項4也是錯的。對應「事実をありのままに見て記述せよ」（把事實據實地觀看記錄下來），但這只是在說明觀察的方法而已，並不是「歸納」的說明。

這一題考的是劃線部分的意思。劃線部分「このような一回起性の出来事をいくつも観察して、そこから共通の事実を見出す事を『帰納』と呼びます」（觀察好幾個這樣的一次性事件，從中找出共通的事實，就叫做「歸納」），這句話在解釋劃線部分，也就是「歸納」的意思。

選項1是指歸納主義，而不是經驗主義，所以錯誤。

選項2也是在說明歸納主義，並不是經驗主義，所以也錯誤。

選項3雖然有提到「經驗」，不過從原文「観察、すなわち経験を重視する」（重視觀察，也就是經驗的觀點）可以得知，這個「經驗」指的是「観察」，而不是要經歷過各式各樣的事物。所以選項3也是錯的。

選項4是正確答案。「繰り返し見たり、聞いたり、やってみたりする」（反覆看，反覆聽，反覆做）呼應「観察」。

劃線部分「これはまた、観察、すなわち経験を重視する立場でもありますから、そちらにウェートを置くときは、経験主義とも呼ばれます」（由於這也是重視觀察，也就是經驗的觀點，所以，著重這點時，也稱為經驗主義）。「これ」指的是上一句句尾提到的歸納主義。而這個「そちら」是什麼呢？「そ」開頭的指示詞指的都是不久前才提到的事物，指的就是「観察、すなわち経験を重視する立場」（重視觀察，也就是經驗的觀點）。

68 ③帰納主義的方法により法則を見出した例として近いものはどれか。

1 象は陸上で一番大きい動物だと図鑑に書いてあった。だから、今、動物園で見ている象も一番大きいに違いない。

2 日本人の平均寿命は約80歳だから、自分も80歳まで生きられるに違いない。

3 あるレストランについて100人にアンケートしたところ、全員がおいしいと答えたので、その店はおいしいに違いない。

4 「絶対おいしいご飯が炊ける方法」という本に書いてある通りにご飯を炊いてみたから、このご飯はおいしいに違いない。

68 最接近③用歸納主義的方法找出定律的例子是什麼呢？

1 圖鑑上寫說大象是陸地上最大的動物。所以現在在動物園看到的大象也一定是最大的。

2 日本人的平均壽命大概是 80 歲，所以自己肯定也能活到 80 歲。

3 針對某間餐廳對 100 人進行問卷調查，結果全部的人都回答「很好吃」，這間店一定很美味。

4 試著按照「絕對能煮出好飯的方法」這本書所寫的方式煮飯，所以煮出來的飯肯定很好吃。

□ 観察 觀察，仔細查看
□ 強調 強調，極力主張
□ 事実 事實
□ ありのまま 據實
□ 記述 記錄，記述
□ ひそむ 潛藏，隱藏
□ 法則 定律，規則
□ 見出す 發現，找出來

□ 思想 思想，思維
□ 特定 特定，特別指定
□ 共通 共通
□ 帰納 歸納，歸結
□ 通常 通常，一般
□ 主義 主義，對事物或原理的基本主張
□ ウェート【weight】 重點；重量

選項１、２、４都是錯的。三個選項是由定律「象は陸上で一番大きい動物だ」（大象是陸地上最大的動物）、「日本人の平均寿命は約80歳」（日本人的平均壽命大概是80歲）、「『絶対おいしいご飯が炊ける方法』という本に書いてある通り」（按照「絕對能煮出好飯的方法」這本書所寫的方式）來推估「今、動物園で見ている象も一番大きいに違いない」（現在在動物園看到的大象也一定是最大的）、「自分も80歳まで生きられる」（自己也能活到80歲）、「このご飯はおいしい」（煮出來的飯很好吃）。這個順序和歸納主義所説的「觀察好幾件事情，找出通則得到定律」剛好相反。

正確答案是選項３。透過好幾人的問卷調查，從中得到「おいしい」這個共通的答案，因此可以斷定這家餐廳很好吃。這樣的推論有符合歸納主義。

① 這一題要用刪去法來作答。

這一題要先知道劃線部分的意思，才能判斷例子是否恰當。劃線部分在最後一句：「おおげさに言えば、あなたは帰納主義的方法により法則を見出した事になります」（説得誇張一點，你就是用歸納主義的方法找出定律）。這句話的作用是總結前面所説的內容，而前面的內容則是「いくつもの経験を重ねて、『カラスは黒い』という言明をしたとします」（像這樣的經驗重複幾次之後，你斷言「烏鴉是黑色的」），這樣的斷定方式，就是「帰納主義的方法により法則を見出した」（用歸納主義的方法找出定律）。

□ カラス【Corvus】　烏鴉
□ 畑（はたけ）　田地，旱田
□ 悪さ（わるさ）　惡劣行為
□ 言明（げんめい）　斷言
□ おおげさ　誇張，誇大

⊘ 重要文法

【名詞の；この／その／あの；形容詞普通形；形容動詞詞幹な；動詞た形；動詞否定形】＋まま。表示原封不動的樣子，或是在某個不變的狀態下進行某件事情。

❶ **まま**　　就這樣…

例句 そのまま、置いといてください。
請這樣放著就可以了。

【名詞；形容動詞詞幹；[形容詞・動詞]普通形】＋に違いない。表示說話人根據經驗或直覺，做出非常肯定的判斷。常用在自言自語的時候。

❷ **に違いない**　　一定是…、准是…

例句 この写真は、ハワイで撮影されたに違いない。
這張照片，肯定是在夏威夷拍的。

【名詞；動詞て形】＋こそ。
(1) 表示特別強調某事物。
(2) 表示強調充分的理由。前面常接「から」或「ば」。

❸ **こそ**　　正是…、正(因為)…才…

例句 誤りを認めてこそ、立派な指導者と言える。
唯有承認自己的錯，才叫了不起的領導者。

⊘ 小知識大補帖

▶ 和「看」相關的單字

單字・慣用句等	意　思	例　句
一望（一望）	一目で見渡すこと（一眼望去）	晴れた日にはここから富士山の全景が一望できる。（晴天時從這裡可以一望富士山全景。）

眺望 （眺望）	遠くを眺めること （瞭望遠處）	頂上からの眺望がすばらしい。 （從山頂眺望出去的景色很美。）
着目 （著眼）	特に注意して見ること （特別留神去看）	以下の点に着目して調査を進める。 （著眼於以下幾點進行調查。）
目撃 （目撃）	その場にいて、実際に目で見ること （在現場親眼看到）	多くの人がその引き逃げ事件を目撃した。 （很多人目擊到那場肇事逃逸事件。）
見詰める （凝視 盯看）	眼を離さないでじっと見続ける。 （不移開視線，一直盯著。）	そんなに見詰めないでください。 （請不要一直盯著我瞧。）
見とれる （看得入迷）	心を奪われて、じっと見る。 （失了神地一直觀看。）	奇麗な夕日に見とれてバスに乗り遅れた。 （看漂亮的夕陽看得入迷，導致沒趕上公車。）
あおぎ見る （仰望）	顔を上のほうに向けて見る。 （臉朝上而看。）	顔を上げて、空を仰ぎ見る。 （抬起臉來仰望天空。）
垣間見る （窺視）	隙間から、ちょっと見る。物事の様子のわずかな面を知る。 （從縫隙間稍微看到。只知道事物一部分的樣貌。）	絵本を通じて、子どもの心を垣間見る。 （透過繪本，窺見孩子們的心靈。）
睨み付ける （瞪視）	怖い目で、じっと見る。 （用恐怖的眼神一直看著。）	妻は私をじっと睨み付けた。 （太太一直瞪我。）
食い入るよう （緊盯貌）	視線が深く入り込むように、じっと見る様子 （視線彷彿深入望穿一般，一直注視的樣子）	生徒たちは先生の顔を食い入るように見つめていた。 （學生們緊盯著老師的臉看。）

きょろきょろ （睜大雙眼尋視）	落ち着きなく、周りを見る様子 （靜不下心來，環顧四周的樣子）	試験中にきょろきょろするな。 （考試中不要四處張望。）
しげしげ （仔細地）	じっと、よく見る様子 （一直仔細盯視的樣子）	相手の顔をしげしげと見つめる。 （仔細地注視對方的臉。）
目を配る （四處查看）	よく気をつけて、あちこちを見る。 （仔細留意，查看各處。）	細かいところにまで目を配る。 （連小地方都注意到了。）
目を注ぐ （留心注視）	気をつけて、じっと見る。 （小心且不停地觀看。）	全局に目を注ぐ。 （留心注視整個局勢。）
目を光らせる （嚴密監視）	悪いことができないように、厳しく監視する。 （嚴加監視慎防作惡。）	過激派の動きに監視の目を光らせる。 （嚴密監視過激份子的一舉一動。）
目を皿のようにする （睜大雙眼）	目を大きく見開いて、よく見る。 （睜大眼睛好好地看。）	目を皿のようにして探し回る。 （睜大雙眼到處尋找。）
高みの見物 （作壁上觀）	傍観者、あるいは第三者の立場で、ゆとりを持って物事を眺めること （站在旁觀者或是第三者的立場悠哉地遠眺事物）	少年たちのけんかに高みの見物をきめこんでいた。 （對於少年們的打架爭執故意作壁上觀。）

▶ 閱讀

この中に読みたい本はありますか。
這些書裡面有沒有你想看的呢？

これが読みたいです。
我想看這一本。

教授が新しい本を出した。
教授的新書出版了。

役に立つことが書いてあるから。
這裡面記載著對你有所助益的內容。

難しくて何回読んでも分からない。
這本書太難了，即使反覆閱讀還是看不懂。

読んだ本をもとの所においた。
把看完的書歸回了原位。

本は買わないでなるべく図書館から借ります。
不要自己掏錢買書，盡量去圖書館借閱。

この間貸してあげた本、読み終わったら返してね。
上次我借你的那本書，看完後要還我哦！

スペイン語の本を探しているんですが、どこで売っていますか。
我正在找西班牙文的書，你知道哪裡有賣嗎？

子どもが寝る前に本を読んであげます。
在孩子睡覺前唸書給他聽。

本屋でいろいろな雑誌が並んでいます。
書店裡陳列著各種類型的雑誌。

この雑誌は毎週月曜日に売り出されます。
這本雑誌每周一上架販售。

電車の中で新聞や雑誌を読んでいる人が多い。
有很多人都會在電車裡看雑誌或報紙。

最近は雑誌ばかり読んで小説はあまり読まなくなった。
最近淨看些雑誌，幾乎沒有看小説了。

漫画ばかり読んでいてはだめだよ。
不要老是看漫畫哦。

毎朝、新聞を読んでから会社へ行きます。
我每天早上都會先看完報紙再去公司。

時間はなくて新聞も読めない。
時間根本不夠，連報紙也沒辦法看。

新聞を読むのは日本語の勉強のためにとてもいいです。
閲讀報紙對於學習日語是很有幫助的。

もんだい
12

在讀完幾段文章（合計 600 字左右）之後，測驗
是否能夠將之綜合比較並且理解其內容。

綜合理解

考前要注意的事

▶ 作答流程 & 答題技巧

閱讀說明 → 先仔細閱讀考題說明

閱讀問題與內容

預估有 2 題

1 考試時建議先看提問及選項，再看文章。

2 閱讀二、三篇約 600 字的文章，測驗能否將文章進行比較整合，並理解內容。主要是以報章雜誌的專欄、投稿、評論等為主題的簡單文章。

3 提問一般是比較兩篇以上文章的「共同點」及「相異點」，例如「～について、AとBの筆者はどのように考えているか」（關於～，作者 A、B 有何意見）。

4 由於考驗的是整合、比較能力，平常可以多看不同報紙，比較相同主題論述的專欄、評論文並理解內容。

答題 → 選出正確答案

次のAとBはそれぞれ、餅について書かれた文章である。二つの文章を読んで、後の問いに対する答えとして最もよいものを、1・2・3・4から一つ選びなさい。

A

　親戚から餅つき（注1）の機械をもらいました。私は一人暮らしなので、この機械で1回にできる量を全部食べるのには何日もかかります。お餅は長く置いておくとかびが生えたりひび割れたりしてしまうので、最初はいらないと断りました。でも、その親戚がよいお餅の保存方法を教えてくれました。お餅がつけたら、ビニール袋にすみまできちんと詰めて置いておき、さめたら空気が入らないように閉じてすぐ冷凍すると、長持ち（注2）するそうです。解凍してそのまま食べるか、冷凍のまま焼いて食べればよいということでした。それを聞いて、機械をもらうことにしました。早速、今度の休みにこの機械を使ってお餅をつこうと思います。

B

　日本のお正月といえば、お餅ですね。でも、毎日食べていると飽きてくるものです。長く置いておいて、かびが生えたりひび割れたりしてしまわないうちに、工夫して早く食べきってしまいましょう。お餅の食べ方というと、あんこかきなこか、さもなければ（注3）お雑煮ばかりになっていませんか。お餅は、ほかにもいろいろおいしい食べ方があるのです。たとえば、納豆をからめた納豆餅と、枝豆のあんをからめたずんだ餅は、東北地方では一般的なお餅です。お餅にチーズなどピザの具を載せてピザ風にしたり、大根おろしと醤油で食べたりしてもおいしいですよ。それでも食べきれないときは、小さく切ったものを焼いたり揚げたりすれば、おいしいおやつになります。

（注１）餅つき：餅をつくこと。餅をつくとは、炊いたもち米を強く
　　　　　打って押しつぶし、餅にすること
（注２）長持ち：よい状態を長く保つこと
（注３）さもなければ：そうでなければ

69 ＡとＢのどちらの文章にも触れられている点は何か。
1　お餅の食べ方にはどんなものがあるか。
2　お餅を長持ちさせるにはどうすればよいか。
3　多すぎるお餅をどうすればよいか。
4　おいしいお餅を作るにはどうすればよいか。

70 ＡとＢの文章の最大の違いは何か。
1　Ａはお餅の冷凍について述べており、Ｂはお餅の一般的
　　な食べ方を述べている。
2　Ａは餅つきの機械について述べており、Ｂはお餅の変わっ
　　た食べ方を述べている。
3　Ａはお餅の保存方法について述べており、Ｂはお餅を早
　　く食べ終わる工夫を述べている。
4　Ａは餅つきの機械について述べており、Ｂはお餅の一般
　　的な食べ方を述べている。

次のAとBはそれぞれ、餅について書かれた文章である。二つの文章を読んで、後の問いに対する答えとして最もよいものを、1・2・3・4から一つ選びなさい。

□ 餅^{もち}つき 搗年糕

□ 一人暮^{ひとりぐ}らし 一個人住，獨居

□ かび （發）霉

□ ひび 龜裂

□ 断^{ことわ}る 拒絕

□ さめる 冷卻

□ 長持^{ながも}ち 保久

□ 解凍^{かいとう} 解凍・退冰

□ 早速^{さっそく} 馬上・立刻

□ あんこ 紅豆餡；豆沙

□ きなこ 黃豆粉

□ さもなければ 不然，否則

□ 雑煮^{ぞうに} 年糕什錦湯

□ 納豆^{なっとう} 納豆

□ からめる 沾附，沾有

□ 枝豆^{えだまめ} 毛豆

□ ピザ【pizza】披薩

□ 具^ぐ 菜餚料理的料

□ 風^{ふう} …風（味）

□ 大根^{だいこん}おろし 蘿蔔泥

□ 触^ふれる 提到，談到

A

親戚から餅^{もち}つき（注1）の機械^{きかい}をもらいました。私^{わたし}は一人暮^{ひとりぐ}らしなので、この機械^{きかい}で1回^{かい}にできる量^{りょう}を全部食^{ぜんぶた}べるのには何日^{なんにち}もかかります。お餅^{もち}は長^{なが}く置^おいておくとかびが生^はえたりひび割^われたりしてしまうので、最初^{さいしょ}はいらないと断^{ことわ}りました。でも、その親戚^{しんせき}がよいお餅^{もち}の保存方法^{ほぞんほうほう}を教^{おし}えてくれました。お餅^{もち}がつけたら、ビニール袋^{ぶくろ}にすみまできちんと詰^つめて置^おいておき、さめたら空気^{くうき}が入^{はい}らないように閉^とじてすぐ冷凍^{れいとう}すると、長持^{ながも}ち（注2）するそうです。解凍^{かいとう}してそのまま食^たべるか、冷凍^{れいとう}のまま焼^やいて食^たべればよいということでした。それを聞^きいて、機械^{きかい}をもらうことにしました。早速^{さっそく}、今度^{こんど}の休^{やす}みにこの機械^{きかい}を使^{つか}ってお餅^{もち}をつこうと思^{おも}います。

（文法詳見P160）
（文法詳見P160）

> 69題 關鍵句
> 70題 關鍵句

B

日本^{にほん}のお正月^{しょうがつ}といえば、お餅^{もち}ですね。でも、毎日食^{まいにちた}べていると飽^あきてくるものです。長^{なが}く置^おいておいて、かびが生^はえたりひび割^われたりしてしまわないうちに、工夫^{くふう}して早^{はや}く食^たべきってしまいましょう。お餅^{もち}の食^たべ方^{かた}というと、あんこかきなこか、さもなければ（注3）お雑煮^{ぞうに}ばかりになっていませんか。お餅^{もち}は、ほかにもいろいろおいしい食^たべ方^{かた}があるのです。たとえば、納豆^{なっとう}をからめた納豆餅^{なっとうもち}と、枝豆^{えだまめ}のあんをからめたずんだ餅^{もち}は、東北地方^{とうほくちほう}では一般的^{いっぱんてき}なお餅^{もち}です。お餅^{もち}にチーズなどピザの具^ぐを載^のせてピザ風^{ふう}にしたり、大根^{だいこん}おろしと醤油^{しょうゆ}で食^たべたりしてもおいしいですよ。それでも食^たべきれないときは、小^{ちい}さく切^きったものを焼^やいたり揚^あげたりすれば、おいしいおやつになります。

（文法詳見P160）
（文法詳見P161）

> 69,70題 關鍵句

（注1）餅^{もち}つき：餅^{もち}をつくこと。餅^{もち}をつくとは、炊^たいたもち米^{ごめ}を強^{つよ}く打^うって押^おしつぶし、餅^{もち}にすること
（注2）長持^{ながも}ち：よい状態^{じょうたい}を長^{なが}く保^{たも}つこと
（注3）さもなければ：そうでなければ

下列的Ａ和Ｂ分別是針對年糕撰寫的文章。請閱讀這兩篇文章並從選項１‧
２‧３‧４當中選出一個最恰當的答案。

A

我從親戚那邊拿到搗年糕（注1）的機器。我一個人住，所以要花上好幾天才能把這台機器搗一次的量給吃光。年糕放久了會發霉或是龜裂，起初我本來拒絕對方說我不要，不過那位親戚教我一個保存年糕的好方法。年糕搗好後，確實地塞入塑膠袋的各個角落，等放涼後，再封緊袋子避免空氣跑入，立刻拿去冷凍，聽說這樣一來就能保久（注2）。解凍後就能直接吃，也可以在冰凍的狀態下烤來吃。我聽了之後決定收下這台機器。這次休假我要馬上來用這台機器搗年糕。

B

說到日本的新年，就是年糕了吧？不過每天都吃的話是會膩的。趁著久放還沒發霉或龜裂的時候，花點心思盡早把它吃完吧！說到年糕的吃法，你是否只想到紅豆餡、黃豆粉，不然（注3）就是年糕什錦湯呢？年糕其實還有其他各式各樣的吃法。例如，沾附納豆的納豆年糕，以及沾附毛豆泥的毛豆年糕，在東北地區都是常見的年糕吃法。在年糕上放上乳酪等披薩的料，就能變成披薩風味；或是配著蘿蔔泥和醬油吃，都很美味喔！如果這樣還是吃不完，也可以切成小塊來烤或是炸，就能搖身一變成為好吃的點心。

（注1）搗年糕：舂製年糕。所謂的舂製年糕，就是用力地搥打壓碎煮好的糯米，使之變成年糕
（注2）保久：長時間地保持良好的狀態
（注3）不然：否則

這一大題是「綜合理解」。題目當中會有２～３篇同一主題、不同觀點的文章，考驗考生是否能先各別理解再進一步比較。所以最重要的是要掌握每篇文章的主旨，然後找出它們之間的異同。

A的大意是作者拿到一台搗年糕的機器，本來怕一個人吃不了那麼多所以不敢收下，但得知年糕保存的方法後他改變了心意。左頁第５～11行都是在針對「よいお餅の保存方法」（保存年糕的好方法）在介紹，佔了整體的一半，可見這個就是它的主旨。

B則是介紹各種年糕的吃法，讓讀者能盡快把新年的年糕吃完。左頁第４～13行都在介紹「お餅の食べ方」（年糕的吃法），佔了整體的２／３，所以這就是它的主旨。

69 ＡとＢのどちらの文章にも触れられている点は何か。

1 お餅の食べ方にはどんなものがあるか。

2 お餅を長持ちさせるにはどうすればよいか。

3 多すぎるお餅をどうすればよいか。

4 おいしいお餅を作るにはどうすればよいか。

69 Ａ和Ｂ兩篇文章都有提到的觀點是什麼？

1 年糕的吃法有哪幾種。

2 如何保久年糕。

3 該如何處理過多的年糕。

4 該如何做出好吃的年糕。

70 ＡとＢの文章の最大の違いは何か。

1 Ａはお餅の冷凍について述べており、Ｂはお餅の一般的な食べ方を述べている。

2 Ａは餅つきの機械について述べており、Ｂはお餅の変わった食べ方を述べている。

3 Ａはお餅の保存方法について述べており、Ｂはお餅を早く食べ終わる工夫を述べている。

4 Ａは餅つきの機械について述べており、Ｂはお餅の一般的な食べ方を述べている。

70 Ａ和Ｂ兩篇文章最大的不同是什麼？

1 Ａ針對年糕的冷凍進行敘述，Ｂ是敘述年糕的一般吃法。

2 Ａ針對搗年糕的機器進行敘述，Ｂ是敘述年糕的特殊吃法。

3 Ａ針對年糕的保存方法進行敘述，Ｂ是敘述盡早吃完年糕的方法。

4 Ａ針對搗年糕的機器進行敘述，Ｂ是敘述年糕一般的吃法。

Ａ和Ｂ都有提到年糕吃不完，久放會發霉或龜裂的現象，再各自提出解決辦法。Ａ提到：「私は一人暮らしなので、この機械で１回にできる量を全部食べるのには何日もかかります。お餅は長く置いておくとかびが生えたりひひ割れたりしてしまう」（我一個人住，所以要花上好幾天才能把這台機器搗一次的量給吃光。年糕放久了會發霉或是龜裂），接著介紹保存年糕的方法。Ｂ則說：「長く置いておいて、かびが生えたりひひ割れたりしてしまわないうちに、工夫して早く食べきってしまいましょう」（趁著久放沒發霉或龜裂的時候，花點心思盡早把它吃掉吧），然後介紹一些吃法讓大家快快把年糕吃光。所以，Ａ和Ｂ基本上都是針對吃不完的年糕想出解決辦法。最符合這點的是選項３。

　　這一題要問的是兩篇文章都有提到的觀點。從151頁可以得知這兩篇文章的主旨不一樣，既然是針對不同的事物進行敘述，應該沒有共通點才對。所以不妨從主旨以外的地方來找出它們相同的觀點。

　　選項１由於Ａ沒提到年糕的吃法，所以是不正確的。選項２由於Ｂ的解決方法是盡快吃完，不是長期保存，所以也是錯的。選項４也是錯的，因為兩篇文章都沒有提到年糕的做法。

Ａ從「でも、その親戚がよいお餅の保存方法を教えてくれました」（不過那位親戚教我一個保存年糕的好方法）開始，一直到「解凍してそのまま食べるか、冷凍のまま焼いて食べればよいということでした」（解凍後就能直接吃，也可以在冰凍的狀態下烤來吃），話題都圍繞在年糕保久方法，所以「よいお餅の保存方法」（保存年糕的好方法）就是這篇文章的主旨。

　　至於Ｂ，從「お餅の食べ方というと」（說到年糕的吃法）開始介紹了各式各樣的年糕吃法。有一般的吃法：「あんこ」（紅豆餡）、「きなこ」（黃豆粉）、「雑煮」（什錦湯），也有特殊的吃法：「納豆餅」（納豆年糕）、「ずんだ餅」（毛豆年糕）、「ピザ風」（披薩風味）、「大根おろしと醤油で食べる」（配著蘿蔔泥和醬油吃）、「小さく切ったものを焼く」（切成小塊來烤）、「小さく切ったものを揚げる」（切成小塊來炸）等等。所以「お餅の食べ方」（年糕的吃法）就是這篇文章的主旨。正確答案是３。

　　這一題問的是兩篇文章最明顯的相異處。從選項當中可以發現，題目要問的是這兩篇文章的主旨。

　　雖然四個選項當中Ｂ的部分都有提到年糕的吃法，但是從「工夫して早く食べきってしまいましょう」（花點心思盡早把它吃完吧）這一句可以得知，介紹了這麼多吃法是為了能趕快把年糕吃完。

次のＡとＢはそれぞれ、中学校の教師が自分のしごとについて書いた文章である。二つの文章を読んで、後の問いに対する答えとして最もよいものを、1・2・3・4から一つ選びなさい。

A

　　私は子供のときからずっと教師になりたいと思っていました。願いがかなってこの春、中学校教師となり、担任するクラスで自己紹介をしたときのことです。数人の生徒が「うるさいな！」と怒鳴ったり、消しゴムを投げてきたりしたあげく、教室を出て行ってしまいました。それ以降、私は生徒たちが怖くなりました。半年間、何とか頑張りましたが、このままではストレスのあまり、心の病気になってしまいそうです。病気にならないうちにしごとを変えようかとも思いましたが、嫌な生徒がいるからといって辞めてしまったら子供のときからの夢はどうなると考えなおしました。どうせ、あと半年すればあの子たちは卒業するのです。諦めたくありません。

B

　　私は家の経済状況が悪く、しごとを選ぶ上では何よりも安定を考え、中学校教師になりました。今担任をしているクラスに、態度の悪い生徒が数人います。あんまり嫌なことをするので、何度か教師を辞めたくなったこともありますが、中学生というのは大人に反抗したくなるものだと考えてがまんして、気にしないようにしていました。最近、また腹の立つことを言われ、思わず怒鳴りそうになったとき、別の生徒が態度の悪い生徒を注意してくれました。このとき初めて、中にはわたしのことを気遣ってくれる生徒もいるのだと気付きました。考えてみると、嫌な生徒にも、必ず何らかの事情があるのです。これをきっかけに、教師とは嫌なことばかりではないと思うようになりました。

69 ＡとＢのどちらの文章にも触れられている点は何か。

1 教師というしごとのやりがい

2 嫌な生徒に対処する方法

3 教師というしごとのつらさ

4 嫌なことをされたら怒鳴るとすっきりすること

70 ＡとＢの筆者は、しごとを今後どうしようと考えているか。

1 ＡもＢも、しごとを辞めたい。

2 Ａはしごとを辞めたいが、Ｂは辞めたくない。

3 Ｂはしごとを辞めたいが、Ａは辞めたくない。

4 ＡもＢも、しごとを辞めたくない。

次のAとBはそれぞれ、中学校の教師が自分のしごとについて書いた文章である。二つの文章を読んで、後の問いに対する答えとして最もよいものを、1・2・3・4から一つ選びなさい。

A

私は子供のときからずっと教師になりたいと思っていました。願いがかなってこの春、中学校教師となり、担任するクラスで自己紹介をしたときのことです。数人の生徒が「うるさいな！」と怒鳴ったり、消しゴムを投げてきたりしたあげく、教室を出て行ってしまいました。それ以降、私は生徒たちが怖くなりました。半年間、何とか頑張りましたが、このままではストレスのあまり、心の病気になってしまいそうです。病気にならないうちにしごとを変えようかとも思いましたが、嫌な生徒がいるからといって辞めてしまったら子供のときからの夢はどうなると考えなおしました。どうせ、あと半年すればあの子たちは卒業するのです。諦めたくありません。

［文法詳見 P161］

69題 關鍵句

70題 關鍵句

B

私は家の経済状況が悪く、しごとを選ぶ上では何よりも安定を考え、中学校教師になりました。今担任をしているクラスに、態度の悪い生徒が数人います。あんまり嫌なことをするので、何度か教師を辞めたくなったこともありますが、中学生というのは大人に反抗したくなるものだと考えてがまんして、気にしないようにしていました。最近、また腹の立つことを言われ、思わず怒鳴りそうになったとき、別の生徒が態度の悪い生徒を注意してくれました。このとき初めて、中にはわたしのことを気遣ってくれる生徒もいるのだと気付きました。考えてみると、嫌な生徒にも、必ず何らかの事情があるのです。これをきっかけに、教師とは嫌なことばかりではないと思うようになりました。

［文法詳見 P161］

69題 關鍵句

70題 關鍵句

□ 願い　願望

□ かなう　實現

□ 担任　擔任；負責

□ 怒鳴る　怒罵；大吼

□ 以降　之後・以後

□ 何とか　想辦法，設法

□ 考えなおす　重新思考・重新考慮

□ 諦める　放棄

□ 安定　安定・穩定

□ 反抗　反抗・抵抗

□ 腹が立つ　生氣，動怒

□ 気遣う　掛念，擔心

□ 何らか　某些，什麼

□ 事情　理由・緣故

□ やりがい　做（某事）的意義

□ 対処　應對

下列的Ａ和Ｂ分別是兩位中學教師針對自己的工作而撰寫的文章。請閱讀這兩篇文章並從選項１·２·３·４當中選出一個最恰當的答案。

A

　　我從小就一直想當老師。這個春天我如願當上國中老師，在我帶的班上自我介紹時發生了這樣的事情。幾個學生怒罵「吵死人了！」，還朝著我扔橡皮擦，最後離開了教室。之後我對學生們開始感到害怕。這半年來我想辦法撐了過來，但再這樣下去似乎會壓力過大，造成心理的疾病。雖然我也曾想過要趁著還沒生病的時候換工作，但我重新思考過，只因為有討厭的學生就辭職的話，我從小的夢想又該怎麼辦呢？反正再過半年那些孩子就要畢業了。我不想放棄。

B

　　我家經濟狀況不好，在選擇工作上我優先考量安定，所以我成為一名國中老師。現在帶的班級，有幾個學生態度很差。他們有時會做些過火的事，所以我有幾次都想辭去教職，但又想說國中生本來就是會想反抗大人，便忍了下來，要自己別去在意。最近，又有人對我說了令人生氣的話，我不禁想要大吼的時候，其他同學替我訓斥了那名態度不佳的學生。這時我才第一次發現，其中也有同學會為我著想。仔細想想，討厭的學生應該也有什麼理由會讓他這樣才對。如此一來，我便覺得當老師所遇到的不全是討厭的事情了。

もんだい10
もんだい11
もんだい12
もんだい13
もんだい14

這一大題是「綜合理解」。題目當中會有2篇同一主題、不同觀點的文章，考驗考生是否能先各別理解再進一步比較。所以最重要的是要掌握每篇文章的主旨，然後找出它們之間的異同。

A文章的大意是作者從小就想當老師，沒想到當上老師後卻遇到態度惡劣的學生，讓他一度壓力過大想換工作；但一方面又不想因為這點理由就放棄自己的夢想。

B文章的大意是作者因為經濟考量而選擇當老師。遇到了一些態度差的學生讓他數度想辭職，但最近也注意到有一些學生很為他著想。所以作者開始覺得教師這份工作不全是壞事。

Answer 3

69 AとBのどちらの文章にも触れられている点は何か。

1 教師というしごとのやりがい
2 嫌な生徒に対処する方法
3 教師というしごとのつらさ
4 嫌なことをされたら怒鳴るとすっきりすること

69 A、B兩篇文章都有提到的點是什麼呢？

1 從事教職的意義
2 應對討厭的學生的方法
3 從事教職的辛苦
4 如果有人冒犯自己就怒吼，這樣心情就會舒暢

Answer 4

70 AとBの筆者は、しごとを今後どうしようと考えているか。

1 AもBも、しごとを辞めたい。
2 Aはしごとを辞めたいが、Bは辞めたくない。
3 Bはしごとを辞めたいが、Aは辞めたくない。
4 AもBも、しごとを辞めたくない。

70 A、B兩位作者對於今後的工作有什麼想法呢？

1 A和B都想辭掉工作。
2 A想辭掉工作，但B不想辭掉工作。
3 B想辭掉工作，但A不想辭掉工作。
4 A和B都不想辭掉工作。

　　從文章中可知，A 和 B 碰到的問題都是遇到態度惡劣的學生，但是兩個人都決定不要辭職。

　　四個選項當中，選項 3 的敘述最符合。「教師というしごとのつらさ」（從事教職的辛苦）正是兩位老師遇到壞學生的寫照。選項 1、4 在兩篇文章中都沒有被提到，所以都是錯的。至於選項 2，雖然兩篇文章都有提到「嫌な生徒」（討厭的學生），但都沒有提到應對這種學生的方式，所以也是錯的。

!

　　這一題問的是兩篇文章都有提到的部分。這兩篇文章都有提到「當老師的動機」、「碰到的問題」、「面對問題的心態」、「決定」，其中只有「碰到的問題」和「決定」內容是相同的。

　　A 提到「どうせ、あと半年すればあの子たちは卒業するのです」，這句的「どうせ」（反正）帶有心死、自暴自棄、絕望的語氣。

　　A 表示「病気にならないうちにしごとを変えようかとも思いましたが、嫌な生徒がいるからといって辞めてしまったら子供のときからの夢はどうなると考えなおしました」（雖然我也曾想過要趁著還沒生病的時候換工作，但我重新思考過，只因為有討厭的學生就辭職的話，我從小的夢想又該怎麼辦呢）、「諦めたくありません」（我不想放棄），可知他打消了換工作的念頭。

　　B 表示「教師とは嫌なことばかりではないと思うようになりました」（我便覺得當老師所遇到的不全是討厭的事情了），可知他沒有受不了這份工作，當然也沒有要辭職走人的意思。所以兩人今後都會繼續當老師。正確答案是 4。

!

　　這一題問的是兩位作者今後的打算，答案就在這兩篇文章的段尾。

翻譯與解題

✔ 重要文法

【動詞辭書形】＋のに。「のに」除了陳述事物的用途、目的、有效性等的表達方式之外，還可以表示前後的因果關係。

❶ のに 用於…

例句 このナイフは肉を切るのにいいです。

這個刀子很適合用來切肉。

【簡體句】＋ということだ。表示傳聞，直接引用的語感強。一定要加上「という」。

❷ ということだ 聽說…、據說…

例句 物価が来月はさらに上がるということだ。

據説物價下個月會再往上漲。

【動詞辭書形；動詞否定形】＋ことにする。表示説話人以自己的意志，主觀地對將來的行為做出某種決定、決心。大都用在跟對方報告自己決定的事。

❸ ことにする 決定…；習慣…

例句 警察に連絡することにしました。

決定要報警了。

【名詞】＋といえば。用在承接某個話題，從這個話題引起自己的聯想，或對這個話題進行説明。

❹ といえば 談到…、提到…就…、説起…

例句 京都の名所といえば、金閣寺と銀閣寺でしょう。

提到京都名勝，那就非金閣寺跟銀閣寺莫屬了！

【形容動詞詞幹な；［形容詞・動詞］辭書形】＋ものだ。表示常識性、普遍的事物的必然的結果。

❺ ものだ …就會…

例句 年を取ると目が悪くなるものだ。

年紀大了，視力就變差了。

---

❻ ないうちに 在未…之前……、趁沒…

例句 雨が降らないうちに、帰りましょう。

趁還沒有下雨，回家吧！

> 【動詞否定形】＋ないうちに。這也是表示在前面的環境、狀態還沒有產生變化的情況下，做後面的動作。

---

❼ きる …完

例句 何時の間にか、お金を使いきってしまった。

不知不覺，錢就花光了。

> 【動詞ます形】＋切る。有接尾詞作用。接意志動詞的後面，表示行為、動作做到完結、竭盡、堅持到最後。

---

❽ あげく（に） …到最後……結果…

例句 あちこちの店を探したあげく、ようやくほしいものを見つけた。

四處找了很多店家，最後終於找到要的東西。

> 【動詞性名詞の；動詞た形】＋あげく（に）。表示事物最終的結果。也就是經過前面一番波折等達到的最後結果。

---

❾ 上で 在…時

例句 レポートを書く上で注意しなければならないことは何ですか。

寫報告時需要注意什麼呢？

> 【動詞辭書形】＋上で。表示在做某動作時，或做某動作的過程中，該注意的事項或所出現的問題。

IIII

翻譯與解題

小知識大補帖

▶過年相關的動作

過年相關例句	意思、意義
家中をきれいに大掃除する。	把家裡打掃乾淨。
アメ横で正月の食材を購入する。	去「阿美横町」辦年貨。
お節料理を作る。	準備年菜。
年越し蕎麦を作る。	做跨年蕎麥麵。
門松を立てる。	門口擺放門松。
鏡餅を供える。	將鏡餅供在神前。
歳神様を迎える。	迎接年神。
年賀状を書く。	寫賀年卡。
除夜の鐘をつく。	敲響除夕鐘聲。
初詣に出かける。	元旦參拜。
おみくじを引く。	抽籤。
新年会を開く。	舉辦新年聯歡會。
年越しのカウントダウンをする。	跨年倒數活動。
お正月番組を見る。	看新春電視節目。
紅白を見る。	看紅白歌唱大賽。
お年玉をもらう。	領壓歲錢。
たこ上げをする。	放風箏。
羽根つきをする。	玩羽子板。
お雑煮を食べる。	吃什錦年糕湯。
お屠蘇を飲む。	喝屠蘇酒。
年始挨拶回りに行く	拜訪親朋好友。

▶ 跟心情有關的成語

成　語	例　句
いしんでんしん 以心伝心 （心有靈犀）	あの人とは以心伝心で、お互いに今何を考えているかが手に取るように分かる。 （我和那個人心有靈犀，可以很清楚地知道對方現在在想什麼。）
いっきいちゆう 一喜一憂 （一喜一憂）	野球の試合は接戦で、逆転したりされたりするたびに一喜一憂しながら見ていた。 （棒球比賽勝負難分，我方一下反轉局面，一下又被對方追回比數，一喜一憂地觀看著。）
いっしんふらん 一心不乱 （專心一致）	入学試験が目前に迫った兄は、苦手な科目を中心に一心不乱に勉強している。 （入學考試迫在眼前，哥哥以他不擅長的科目為主，專心一致地唸書。）
きどあいらく 喜怒哀楽 （喜怒哀樂）	彼は、喜怒哀楽をあまり顔に出さない。 （他不太把喜怒哀樂表現在臉上。）
ごりむちゅう 五里霧中 （五里霧中）	捜査は五里霧中の状態のまま、時間だけが過ぎていった。 （偵查陷入了五里霧中的狀態，只有時間不停地流逝著。）
じがじさん 自画自賛 （自賣自誇）	兄は「どうだ、俺の言った通りだろう」と自画自賛している。 （哥哥自賣自誇地說：「怎麼樣？就跟我說的一樣吧」。）
しくはっく 四苦八苦 （千辛萬苦）	算数の問題が難しくて、四苦八苦の末、やっと解くことができた。 （算數問題太難了，我費了千辛萬苦，總算解出來了。）
しんきいってん 心機一転 （心念一轉）	先生の言葉に感激して、心機一転して、勉学に励んでいます。 （感激老師的一番話，於是心念一轉，努力向學。）
いきしょうちん 意気消沈 （意志消沉）	サッカーの試合で大量リードされ、応援団は意気消沈していた。 （足球比賽被敵隊大幅領先，啦啦隊意志消沉。）

▶ 歲末新年

年の瀬が迫ってきました。
歲暮將近。

お世話になっている方々にお歳暮を贈りました。
致贈歲末禮品給曾照顧過我的人們。

商店街はお正月用品の買い出しでにぎわっている。
商店街上擠滿了出來採購新年用品的人們。

もうしめ縄を飾りました。
已經掛好了祈福繩結。

デパートの入り口に門松が飾ってあります。
百貨公司的入口處擺設著門松作為裝飾。

我が家は毎年餅つきをします。
我家每年都會搗麻糬。

商店街で歳末セールが始まったよ。
商店街已經開始進入歲末大拍賣囉！

毎年、紅白歌合戦を見るのが楽しみです。
每年都很期待觀賞紅白歌唱大賽。

大晦日は家族で過ごします。
除夕夜是和家人共度的。

良いお年をお迎えください。
願您有個好年。

新年明けましておめでとうございます。
元旦開春，恭賀新喜。

昨年はいろいろお世話になりました。
去年承蒙您多方照顧。

今年もよろしくお願いします。
今年還請不吝繼續指教。

12月は正月の準備で忙しい。
為了準備過元旦新年，十二月份時忙得團團轉。

お正月に帰省しますか。
你新年會回家探親嗎？

28日ごろから帰省ラッシュが始まります。
從 28 號左右就開始湧現返鄉人潮。

毎年家族そろって除夜の鐘を突きに行きます。
每年除夕夜，全家人都會一起去寺廟撞鐘祈福。

<ruby>元日<rt>がんじつ</rt></ruby>は<ruby>伊勢神宮<rt>いせじんぐう</rt></ruby>へ<ruby>初詣<rt>はつもうで</rt></ruby>に<ruby>行<rt>い</rt></ruby>くつもりです。
我打算在元旦那天去伊勢神宮開春祈福。

<ruby>年越<rt>としこ</rt></ruby>しそばを<ruby>召<rt>め</rt></ruby>し<ruby>上<rt>あ</rt></ruby>がりましたか。
您已經吃過跨年蕎麥麵了嗎？

おじいちゃんにお<ruby>年玉<rt>としだま</rt></ruby>もらったよ。
爺爺給了我壓歲錢。

在讀完論理展開較為明快的評論等，約 900 字左右的文章段落之後，測驗是否能夠掌握全文欲表達的想法或意見。

理解想法／長文

考前要注意的事

▶ 作答流程 & 答題技巧

閱讀說明 ── 先仔細閱讀考題說明

閱讀問題與內容

預估有 3 題

1 考試時建議先看提問及選項，再看文章。

2 閱讀一篇約 900 字的長篇文章，測驗能否理解作者的想法、主張等，還有能否知道文章裡的某詞彙某句話的意思。主要以一般常識性的、抽象的社論及評論性文章為主。

3 文章較長，應考時關鍵在快速掌握談論內容的大意。提問一般是用「～とは、どういうことだ」（～是什麼意思？）「筆者は、～についてどのように考えているか」（作者針對～有什麼想法？）、「～のはなぜか」（～是為什麼？）。

4 有時文章中也包含與作者意見相反的主張，要多注意！

答題 ── 選出正確答案

次の文章を読んで、後の問いに対する答えとして、最も良いものを１・２・３・４から一つ選びなさい。

　それから、最も大切な問題は、報道のあり方です。カメラマンは、現場に行けば、いい取材 (注1) をしたいと、多少の無理をしてしまいがちですので、私は、毎晩のミーティングでカメラマンに対し、「被災者の方々には、当然撮って欲しくないところ、撮られたくないところがある。相手を尊重して、人間らしい取材をしてほしい。あとで、きっと自分たちの仕事を振り返ることがあると思う。そのとき、一人の人間として、震災にどのように立ち向かい、どんな役割を果たしたのか、後悔することのないよう、①責任と自覚をもって行動して欲しい」と話しました。

　実際、カメラマンたちは、ただやみくもに (注2) 取材を進めるのではなく、時間さえあれば、被災者の方々と一緒に水や食料を運んだりしているわけです。ですから、「ＮＨＫだったら取材に応じてもいい」とおっしゃる方もいました。とにかく、震災で傷ついた被災者の方々の心に、土足で踏み込む (注3) ようなことだけはしないように心掛け (注4) ました。被災者の方々は、最初のうち、われわれマスコミに対して「とにかく撮ってくれ、伝えてくれ」といっていました。ところが日がたつにつれて、マスコミが殺到する (注5) ようになると、無理な取材も行われるようになり、当然「見せ物じゃない、や

めてくれ」という声があがってきました。被災者の方々は、震災に遭われてやり場のない不満を持っていますから、いわば、部外者であるわれわれマスコミに対して、その不満をぶつけるしかない。②その意味もふくめて、私は「相手の気持ちをよく理解して、取材される立場になって取材しよう」といい続けたんです。（中略）

　結局、取材というのは、相手の信頼を得られるかどうかにかかっていると思うのです。その信頼を得る努力はもちろん必要ですが、大前提として、日々のNHKのニュースというものが信頼あるものでなければいけません。信頼される情報と信頼される映像です。我々は、この震災でNHKに対する信頼感と期待、公共放送としての重みをあらためて感じました。もちろん頭の中では理解していましたが、実際に被災地域を取材して歩いて、被災者の方々に接して体の芯まで理解できたような気がするのです。

（片山修『NHKの知力』小学館文庫による）

（注1）取材：ニュースの材料を事件や物事から取って集めること
（注2）やみくもに：先のことをよく考えずに物事を行う様子。やたらに
（注3）土足で踏み込む：強引に入り込む
（注4）心掛ける：気をつける。忘れないようにする
（注5）殺到する：大勢集まる

71 ①責任と自覚をもって行動するとは、どのようにすることか。

1 現場に行ったら、多少無理をしてでも取材をすること

2 一人の人間としてどのように震災に立ち向かったか自身の記録を残すこと

3 取材される側の人を尊重して、人間らしい取材をすること

4 被災者の方と一緒に水や食料を運ぶのを忘れないこと

72 ②その意味もふくめてが意味していることは何か。

1 「NHKだったら取材に応じてもいい」と言ってくれる被災者がいること

2 震災に遭った人々に協力すること

3 震災に遭った人は、その不満を言う相手が取材に来た人以外にいないこと

4 「とにかく撮ってくれ、伝えてくれ」と思っている被災者のために、撮って伝えること

73 著者がこの文章で一番言いたいことはどんなことか。

1　日々、信頼される情報と映像を提供することの大切さ

2　震災の被害に遭うことの大変さ

3　取材される側の気持ちを心の芯まで理解することの大切
　　さ

4　公共放送としてのNHKのすばらしさ

次の文章を読んで、後の問いに対する答えとして、最も良いものを1・2・3・4から一つ選びなさい。

　　それから、最も大切な問題は、報道のあり方です。カメラマンは、現場に行けば、いい取材（注1）をしたいと、多少の無理をしてしまいがちですので、私は、毎晩のミーティングでカメラマンに対し、「被災者の方々には、当然撮って欲しくないところ、撮られたくないところがある。相手を尊重して、人間らしい取材をしてほしい。あとで、きっと自分たちの仕事を振り返ることがあると思う。そのとき、一人の人間として、震災にどのように立ち向かい、どんな役割を果たしたのか、後悔することのないよう、①責任と自覚をもって行動して欲しい」と話しました。

文法詳見 P188

71題 關鍵句

　　実際、カメラマンたちは、ただやみくもに（注2）取材を進めるのではなく、時間さえあれば、被災者の方々と一緒に水や食料を運んだりしているわけです。ですから、「NHKだったら取材に応じてもいい」とおっしゃる方もいました。とにかく、震災で傷ついた被災者の方々の心に、土足で踏み込む（注3）ようなことだけはしないように心掛け（注4）ました。被災者の方々は、最初のうち、われわれマスコミに対して「とにかく撮ってくれ、伝えてくれ」といっていました。ところが日がたつにつれて、マスコミが殺到する（注5）ようになると、無理な取材も行われるようになり、当然「見せ物じゃない、やめてくれ」という声があがってきました。被災者の方々は、震災に遭われてやり場のない不満を持っていますから、いわば、部外者であるわれわれマスコミに対して、その不満をぶつけるしかない。②その意味もふくめて、私は「相手の気持ちをよく理解して、取材される立場になって取材しよう」といい続けたんです。（中略）

文法詳見 P188

72題 關鍵句

　　結局、取材というのは、相手の信頼を得られるかどうかにかかっていると思うのです。その信頼を得る努力はもちろん必要ですが、大前提として、日々のNHKのニュースというものが信頼あるものでなければいけません。信頼される情報と信頼される映像です。我々は、この震災でNHKに対する信頼感と期待、公共放送としての重みをあらためて感じました。もちろん頭の中では理解していましたが、実際に被災地域を取材して歩いて、被災者の方々に接して体の芯まで理解できたような気がするのです。

73題 關鍵句

（片山修『NHKの知力』小学館文庫による）

（注1）取材：ニュースの材料を事件や物事から取って集めること
（注2）やみくもに：先のことをよく考えずに物事を行う様子。やたらに
（注3）土足で踏み込む：強引に入り込む
（注4）心掛ける：気をつける。忘れないようにする
（注5）殺到する：大勢集まる

請閱讀以下的文章，並從選項 1・2・3・4 當中選出一個下列問題最恰當的答案。

　　此外，最重要的問題是，報導應有的姿態。攝影師到了現場，都會想要有好的採訪（注1），多少都會強逼對方。因此，每晚的會議我都會對攝影師説：「受災戶們當然有不希望你們拍的東西，或是不想被拍到的地方。我希望你們能尊重對方，做些人性的採訪。我想之後你們一定都會回過頭來看看自己的工作。到時，作為一個人類，希望你們能①秉持責任和自覺採取行動，對於自己面對震災的方式、所扮演的角色，毫無任何後悔」。

　　事實上，攝影師們並沒有胡亂地（注2）只顧著採訪，有時間的話，他們也會和受災戶一起搬運水或食物。所以也有人表示：「如果是ＮＨＫ的話，我可以接受採訪」。總之，我們絕不強行進入（注3）受災戶們因震災而受傷的心靈，這點可是謹記在心（注4）。起初受災戶們對我們媒體説：「總之就是給我們拍、讓大家知道」。但是隨著時間的流逝，媒體蜂擁而至（注5）後，也開始會有些強迫性的採訪行為，想當然爾，「不是給人家參觀的東西，不要拍了」這樣的聲音也跟著出現。受災戶們經歷震災，怨氣無處宣洩，所以只能對所謂的外人，也就是我們這些媒體發洩不滿。②同時包含了這層意義，我才會一直強調：「要充分了解對方的心情，站在被採訪的立場來採訪」。（中略）

　　到頭來，我認為所謂的採訪，和能否取得對方的信賴很有關聯。得到這份信賴固然需要努力，但大前提是，每天播放的ＮＨＫ新聞必須是要值得信賴的東西。是能被信賴的資訊和被信賴的影像。我們在這次震災當中，重新感受到大眾對ＮＨＫ的信賴感和期待，以及公共傳播的重擔。當然，腦袋雖然早就能理解這點，但我覺得我們是實際走訪災區，和受災戶接觸後才連體內深處都能理解的。

　　　　　　　　　　（選自片山修『ＮＨＫ的智力』小學館文庫）

（注1）採訪：從事件或事物當中擷取收集新聞的素材
（注2）胡亂地：做事不顧後果的樣子。任意地
（注3）強行進入：強硬地踏入
（注4）謹記在心：留意。不遺忘
（注5）蜂擁而至：很多人聚集

> 作者希望自家攝影師在採訪震災新聞時能夠多尊重被訪者，做有人性的報導。

> 承接上一段，作者表示在震災現場，如果不站在受災戶的立場為他們著想，就會引發情緒反彈。

> 採訪報導最重要的就是得到對方的信賴。

------

71 ①責任と自覚をもって行動するとは、どのようにすることか。

1 現場に行ったら、多少無理をしてでも取材をすること

2 一人の人間としてどのように震災に立ち向かったか自身の記録を残すこと

3 取材される側の人を尊重して、人間らしい取材をすること

4 被災者の方と一緒に水や食料を運ぶのを忘れないこと

71 所謂的①秉持責任和自覺採取行動，是指怎麼做呢？

1 到了現場，就算有點強迫對方也要採訪

2 要留下作為一個人類，自己如何面對震災的記錄

3 尊重被採訪的人，做有人性的採訪

4 不要忘記和受災戶一起搬運水或食物

------

72 ②その意味もふくめてが意味していることは何か。

1 「NHKだったら取材に応じてもいい」と言ってくれる被災者がいること

2 震災に遭った人々に協力すること

3 震災に遭った人は、その不満を言う相手が取材に来た人以外にいないこと

4 「とにかく撮ってくれ、伝えてくれ」と思っている被災者のために、撮って伝えること

72 ②同時包含了這層意義是什麼意思呢？

1 有受災戶說「如果是NHK的話，我可以接受採訪」

2 幫助遭遇震災的人

3 遭遇震災的人，能表達不滿的對象除了前來取材者並無他人

4 為了有「總之就是給我們拍、讓大家知道」這種想法的受災戶，要幫他們拍攝並公諸於世

選項 1：「多少無理をしてでも取材をする」，
這和原文的用意正好相反。文章是說：「被災者
の方々には、当然撮って欲しくないところ、
撮られたくないところがある。相手を尊重し
て、人間らしい取材をしてほしい」（受災戶們
當然有不希望你們拍的東西，或是不想被拍到
的地方。我希望你們能尊重對方，做些人性的
採訪），所以選項 1 是錯的。

選項 2 也是錯的，文章當中作者並沒有要攝
影師們留下自己面對震災的記錄。

「被災者の方と一緒に水や食料を運ぶ」出
現在文章第二段：「被災者の方々と一緒に水
や食料を運んだりしているわけです」（他們
也會和受災戶一起搬運水或食物）。這句話只
是單純陳述事實，作者並沒有要攝影師們別忘
了做這件事。所以選項 4 是錯的。

這一題考的是劃線部份的內
容。劃線部份是作者對自家攝
影師所說的話，解題線索就藏
在這個段落。不妨用刪去法，
把四個選項拿回原文去做對
照。

這一題考的是劃線部份的內容。劃線部份的原
句在第二段：「その意味もふくめて、私は『相
手の気持ちをよく理解して、取材される立場
になって取材しよう』といい続けたんです」
（同時包含了這層意義，我才會一直強調：
「要充分了解對方的心情，站在被採訪的立場
來採訪」）。如果文章當中出現「そ」開頭的
指示詞，指的通常就是前面幾句所提過的人事
物。所以要從前面找出「その意味」指的是什
麼事情。

受災戶們的心情轉變由一開始看到媒體，受
訪態度很積極，到最後被媒體強迫採訪，產生
反感，只能把不知道該怎麼宣洩的負面情緒發
洩在採訪者這些外人身上。這就是劃線部份「そ
の意味」的具體內容。也正是因為有這樣的情
形，作者才要攝影師們在工作時將心比心，體
諒受災戶的心情。正確答案是 3。

選項 3 對應文章中「相手を尊
重して、人間らしい取材をして
ほしい」（我希望你們能尊重對
方，做些人性的採訪）。

73 著者がこの文章で一番言いたいことはどんなことか。	73 作者在這篇文章當中最想表達的是什麼呢？

73 著者がこの文章で一番言いたいことはどんなことか。

1 日々、信頼される情報と映像を提供することの大切さ

2 震災の被害に遭うことの大変さ

3 取材される側の気持ちを心の芯まで理解することの大切さ

4 公共放送としてのNHKのすばらしさ

73 作者在這篇文章當中最想表達的是什麼呢？

1 每天提供值得信賴的資訊和影像的重要性

2 遭遇震災的痛苦

3 徹底了解被採訪者的心情的重要性

4 ＮＨＫ作為一個公共傳播媒體的好

□ 報道 報導

□ あり方 應有的姿態，應有的樣子

□ 取材 取材，收集素材

□ ミーティング【meeting】 會議

□ 被災 受災，遇害

□ 振り返る 回過頭看

□ 震災 震災，地震災害

□ 立ち向かう 面對

□ 役割 角色

□ 果たす 實行，實踐

□ 後悔 後悔，懊悔

□ 自覚 自覺

□ やみくもに 胡亂地，任意地

□ 応じる 應答，回應

□ 土足 赤腳；帶泥的腳

□ 踏み込む 擅自進入，闖入

□ 心掛ける 留意，謹記在心

□ マスコミ【mass communication之略】 媒體

□ 殺到 蜂擁而至

□ 見せ物 給人參觀的東西，給人當熱鬧看

□ いわば 也就是

□ 部外者 外人，局外者

□ われわれ 我們

□ 立場 立場

□ 得る 取得，得到

選項 1 是正確的，它呼應到文章的最後一段。表示採訪必須要獲得對方的信賴，而最重要的前提是要從平時就累積這份信賴，提供觀眾值得信賴的資訊和影像。

選項 2 是錯的。文章通篇都沒有提到受到因震災受難的辛苦。

選項 3 對應「相手の気持ちをよく理解して」（要充分了解對方的心情），再加上作者一直強調要採訪者站在受訪者的立場，所以應該有人會覺得這是正確答案吧？不過，就像先前所述，選項 1 因為該段有個「結局」，無視於前面說的內容並帶出整篇文章真正的重點，所以相較之下，選項 3 就沒有選項 1 來得合適。

選項 4 是錯的，關於ＮＨＫ公共傳播媒體，作者只有在最後一段表示作者深感民眾對ＮＨＫ的信賴感、期待，以及身為公共傳播的重擔。並沒有歌頌ＮＨＫ有多美好。

これ

這一題問的是作者在這篇文章裡面最想表達的事物。像這種答案不是很明確的問題，刪去法是最理想的作答方式。

「結局」（到頭來）的副詞用法是做總結，表示上面雖然說了這麼多，但是接下來的才是重點，文章終於要進入尾聲了。而一篇文章最重要的地方通常就是在結論。所以這一段就是這篇文章的主旨所在，也就是作者最想表達的意見。

☐ かかる　有關；關係
☐ 前提(ぜんてい)　前提，事物成立條件
☐ 映像(えいぞう)　影像
☐ 公共放送(こうきょうほうそう)　公共媒體，公廣電視集團
☐ 重み(おも)　重擔；重要性
☐ あらためる　重新
☐ 接する(せっ)　接觸
☐ 芯(しん)　深處
☐ 強引(ごういん)　強硬，強行
☐ 入り込む(はいこ)　踏入，進入

次の文章を読んで、後の問いに対する答えとして最もよいものを、1・2・3・4から一つ選びなさい。

　昔、アメリカの経営コンサルタント（注1）がトップセールスマン（注2）と呼ばれる人たち三〇〇人の言動をつぶさに（注3）観察し、その共通点を探ったことがありました。その結果、「言葉づかいがていねい」「自己主張をしない（いばらない）」「ユーモアに長けている（注4）」「人を笑わせるのがうまい」など、いろいろな要素を探り当てたのですが、なかでも「①相手を立てるのがうまい」という要素がもっとも重要であることを突き止めました（注5）。

　要するに、「人間は、社会生活や人とのつながりにおいて、『自分という人間を認めてもらいたい』『他人から評価してもらいたい』『他人から敬われたい』という欲求に一番の反応を示します。トップセールスマンと呼ばれる人たちは、他人のこの欲求を満たしてあげる術に長けている」というのです。

　心理学においても、人間は衣食住や愛情といった基本的な欲求が満たされると、他者から尊敬されたいという「承認の欲求」、つまり「自己重要感の欲求」にかられる（注6）ようになるということが実証されています。

　あなたも②この人間心理をうまく活用し、他人の自己重要感の欲求を満たしてあげてはいかがでしょう。相手の価値観・

存在感を認めてあげてはいかがでしょう。そうすれば、相手はこのうえない幸福感に満たされるため、あなたに対して好感と親しみを寄せざるを得なくなります。

　この芸当（注7）に長けていたのがヒルトン・ホテルの創立者コンラッド・ヒルトンです。彼はホテルで働く従業員一人ひとりの名前を覚え、顔を合わすたびに声をかけたほか、給料を手渡すときも、「今月もご苦労様」「来月も頑張ってください」といいながら深々と一礼したといいます。社長にこうまでされたらどうなるか。誰だって「ああ、社長はいつも私のことを気にかけてくれているのだ」と感激し、この人にずっとついていこうという気になります。

　この例にもあるように、人は皆、自分の存在感、価値というものを認めてもらいたがっているのです。そして、その欲求を満たしてくれた相手には、「この人に協力しよう」「この人を応援しよう」という気持ちを抱くのが人の心理というものなのです。

　　　　（植西聰『マーフィー言葉の力で人生は変わる』成美文庫より一部改変）

（注1）コンサルタント：企業経営などについて、指導・助言をする専門家
（注2）セールスマン：販売員
（注3）つぶさに：詳しく
（注4）長けている：優れている
（注5）突き止める：不明な点や疑問点などを、よく調べてはっきりさせる
（注6）かられる：激しい感情に動かされる
（注7）芸当：普通の人にはできない行為

71 ①相手を立てるの意味として正しいのはどれか。

1　相手を起き上がらせる。

2　相手の立場になって考える。

3　相手を尊重し大切に扱う。

4　相手をこのうえない幸福感で満たしてあげる。

72 ②この人間心理とはどのような心理か。

1　他人に自分の価値を認めてもらいたいという心理

2　衣食住のような基本的な要素が何よりも重要だと思う心理

3　相手に親しみを感じたいと思う心理

4　相手の欲求を満たしてあげたいと思う心理

73 この文章全体で、筆者がもっとも言いたいことは何か。

1　人に何かをしてもらうときは、自分が重要な人物だということを相手に分からせると、きちんとやってもらえる。

2　相手に自分のことを好きになってもらうためには、相手の持ち物の価値にお世辞を言うことも必要である。

3　人とうまく付き合うためには、相手のことを大切に思っている気持ちを表現することが重要である。

4　トップセールスマンや大会社の社長は、人に好かれ、親しみを感じてもらうのがうまい。

次の文章を読んで、後の問いに対する答えとして最もよいものを、1・2・3・4から一つ選びなさい。

昔、アメリカの経営コンサルタント（注1）がトップセールスマン（注2）と呼ばれる人たち三〇〇人の言動をつぶさに（注3）観察し、その共通点を探ったことがありました。その結果、「言葉づかいがていねい」「自己主張をしない（いばらない）」「ユーモアに長けている（注4）」「人を笑わせるのがうまい」など、いろいろな要素を探り当てたのですが、なかでも「①相手を立てるのがうまい」という要素がもっとも重要であることを突き止めました（注5）。

要するに、「人間は、社会生活や人とのつながりにおいて、『自分という人間を認めてもらいたい』『他人から評価してもらいたい』『他人から敬われたい』という欲求に一番の反応を示します。トップセールスマンと呼ばれる人たちは、他人のこの欲求を満たしてあげる術に長けている」というのです。 71題 關鍵句

心理学においても、人間は衣食住や愛情といった基本的な欲求が満たされると、他者から尊敬されたいという「承認の欲求」、つまり「自己重要感の欲求」にかられる（注6）ようになるということが実証されています。 72題 關鍵句

あなたも②この人間心理をうまく活用し、他人の自己重要感の欲求を満たしてあげてはいかがでしょう。相手の価値観・存在感を認めてあげてはいかがでしょう。そうすれば、相手はこのうえない幸福感に満たされるため、あなたに対して好感と親しみを寄せざるを得なくなります。 73題 關鍵句

この芸当（注7）に長けていたのがヒルトン・ホテルの創立者コンラッド・ヒルトンです。彼はホテルで働く従業員一人ひとりの名前を覚え、顔を合わすたびに声をかけたほか、給料を手渡すときも、「今月もご苦労様」「来月も頑張ってください」といいながら深々と一礼したといいます。社長にこうまでされたらどうなるか、誰だって「ああ、社長はいつも私のことを気にかけてくれているのだ」と感激し、この人にずっとついていこうという気になります。 ┗文法詳見P189

この例にもあるように、人は皆、自分の存在感、価値というものを認めてもらいたがっているのです。そして、その欲求を満たしてくれた相手には、「この人に協力しよう」「この人を応援しよう」という気持ちを抱くのが人の心理というものなのです。

（植西聰『マーフィー言葉の力で人生は変わる』成美文庫より一部改変）

（注1）コンサルタント：企業経営などについて、指導・助言をする専門家
（注2）セールスマン：販売員
（注3）つぶさに：詳しく
（注4）長けている：優れている
（注5）突き止める：不明な点や疑問点などを、よく調べてはっきりさせる
（注6）かられる：激しい感情に動かされる
（注7）芸当：普通の人にはできない行為

請閱讀以下的文章，並從選項１‧２‧３‧４當中選出一個下列問題最恰當的答案。

過去，美國的經營顧問（注１）曾將三百位被稱為頂級業務（注２）的人的言行仔細地（注３）進行觀察，並探求其共通點。結果，他們找出了「遣詞用字客氣」、「不主張自我（不自大）」、「擅長（注４）幽默」、「很會逗人笑」等各種要素，其中還查明（注５）「很會①給對方面子」這個要素是最重要的。

簡而言之，這就説明了「人類在社會生活與人之間的連繫上，最能反映出『想要別人認同自己』、『想要別人給自己正面評價』、『想要被別人尊敬』這些需求。被稱為頂級業務的人們，很擅長滿足別人的這項需求。」

據調查，頂級業務最重要的特質是「很會給對方面子」。

承接上段，説明大家都希望能獲得別人的尊敬，而頂級業務正是擅長此道。

在心理學方面也證實，人類在食衣住或愛情等基本需求獲得滿足後，會受到驅使（注６），產生希望獲得他人尊敬的「認可的需求」，也就是「自我重要感的需求」。

佐以心理學為證，説明人類在滿足基本需求後，會希望被滿足「認可的需求」。

您也充分利用②這個人類心理，滿足他人的自我重要感這份需求如何呢？認同對方的價值觀、存在感如何呢？如此一來，對方就會因為充滿著這份至高無上的幸福感，不由得對你產生好感及親和感。

承接上段，作者建議讀者給予對方認同，讓對方對自己抱持好感。

擅長這個絕技（注７）的是希爾頓飯店的創始人康拉德‧希爾頓。聽説他將每位在飯店工作的工作人員姓名都記下來，除了碰面時會向他們打招呼，連當面發薪水時也是，他會邊説「這個月也辛苦你了」、「下個月也請加油」，邊深深地一鞠躬。如果社長做到這個地步會怎麼樣呢？無論是誰，都會心生感激：「啊，社長一直都有把我放在心上」，然後產生想要一直跟隨這個人的念頭。

承上，舉出希爾頓飯店創始人的例子來説明。

就像這個例子一樣，每個人都想要別人認同自己的存在感、價值。而人類的心理就是會對滿足自己這份需求的人抱持著「我來幫這個人忙」、「我要支持這個人」這樣的心情。

結論。人類會支持能認同自己的人。

（節選改編自植西聰『莫非語詞的力量能使人生產生改變』成美文庫）

（注１）顧問：針對企業經營等，給予指導、建議的專業人士
（注２）業務：銷售員
（注３）仔細地：詳細地
（注４）擅長：出色
（注５）查明：好好地調查並弄清楚不詳的地方或是疑問點
（注６）受到驅使：被激烈的感情所策動
（注７）絕技：普通人辦不到的行為

Answer **3**

71 ①相手を立てるの意味として正しいのはどれか。

1 相手を起き上がらせる。
2 相手の立場になって考える。
3 相手を尊重し大切に扱う。
4 相手をこのうえない幸福感で満たしてあげる。

71 ①給對方面子的正確意思為下列何者？

1 讓對方爬起來。
2 站在對方的立場思考。
3 尊重對方並珍視對方。
4 滿足對方至高無上的幸福感。

Answer **1**

72 ②この人間心理とはどのような心理か。

1 他人に自分の価値を認めてもらいたいという心理
2 衣食住のような基本的な要素が何よりも重要だと思う心理
3 相手に親しみを感じたいと思う心理
4 相手の欲求を満たしてあげたいと思う心理

72 ②這個人類心理是什麼樣的心理呢？

1 希望別人認同自己價值的心理
2 認為食衣住這樣的基本要素比什麼都來得重要的心理
3 希望能從對方身上感受到親近的心理
4 想要滿足對方需求的心理

　「相手を立てる」從字面上看起來是「把對方立起來」，但如果是這意思，這段話實在是説不通，可見「相手を立てる」另有其意，所以選項1是錯的。

　第二段説明頂級業務擅長滿足人類「想要別人認同自己」、「想要別人給自己正面評價」、「想要被別人尊敬」這些需求。換個説法就是頂級業務會認同別人、給別人正面評價、尊敬別人。這也就是「相手を立てる」的內容。

　選項中最接近以上幾點的正是選項3，尊重並珍視對方。

> 這一題考的是劃線部分的意思。不妨從劃線部分的上下文來推敲它的意思。

> 解題關鍵在第二段。特別是開頭的「要するに」（簡而言之）這個副詞，它的作用是整理前面所説的事物，做個總結。再加上第二段段尾的「のです」，在這邊是解釋説明的用法。所以從這邊可以得知，第二段就是在針對前面所述進行概要的説明，並濃縮成重點。看懂這一段就知道「相手を立てる」是什麼意思了。

　最接近這個敘述的是選項1，希望別人能認同自己的價值。

　選項2錯在「基本的な要素が何よりも重要だ」（基本要素比什麼都來得重要）。文章中只有提到滿足基本需求後會進一步需要他人認同，並沒有提到食衣住等基本需求是最重要的。

　關於「親しみ」，文章中只有提到：「そうすれば、相手はこのうえない幸福感に満たされるため、あなたに対して好感と親しみを寄せざるを得なくなります」（如此一來，對方就會因為充滿著這份至高無上的幸福感，不由得對你產生好感及親和感）。這和選項3的敘述正好相反，所以選項3是錯的。

　選項4對應到「他人の自己重要感の欲求を満たしてあげてはいかがでしょう」（滿足他人的自我重要感這份需求如何呢），這是作者在建議讀者滿足他人的自我重要感，而不是在説人類有「想要滿足對方需求的心理」，所以選項4也是錯的。

> 解題關鍵就在第三段。第三段是在説明心理學上證實人類在滿足基本需求後，會產生「認可的需求」，也就是「自我重要感的需求」。而「この人間心理」指的就是這點，人類需要獲得認同的心理。

73	この文章全体で、筆者がもっとも言いたいことは何か。	73	這篇文章整體而言作者最想表達的是什麼？

1　人に何かをしてもらうときは、自分が重要な人物だということを相手に分からせると、きちんとやってもらえる。

2　相手に自分のことを好きになってもらうためには、相手の持ち物の価値にお世辞を言うことも必要である。

3　人とうまく付き合うためには、相手のことを大切に思っている気持ちを表現することが重要である。

4　トップセールスマンや大会社の社長は、人に好かれ、親しみを感じてもらうのがうまい。

1　要別人幫自己做事時，如果能讓對方明白自己是重要人物，對方就會好好地替自己做事。

2　為了讓對方喜歡自己，也必須針對對方的持有物奉承阿諛。

3　為了和人更融洽地相處，表現出自己很重視對方的感覺是很重要的。

4　頂級業務和大公司社長很討人喜愛，擅長給人親和感。

□ セールスマン【salesman】 業務，銷售員
□ 探る 探求
□ 主張 主張
□ いばる 自大；吹牛
□ ユーモア【humor】 幽默
□ 突き止める 查明
□ 要するに 簡而言之
□ つながり 連繫

□ 敬う 尊敬
□ 術 手段，方法
□ 衣食住 食衣住
□ 満たす 滿足
□ 承認 承認，認可
□ このうえない 至高無上
□ 手渡す 親手交付
□ 深々と 深深地

選項 1 和原文旨意恰恰相反，所以錯誤。文章是說滿足對方的「自己重要感の欲求」，也就是說把對方視為是重要人物，對方就會願意替自己做事。

選項 2 也是錯的。作者只有提到要認同對方的價值，而不是要奉承對方持有物品的價值。所以「相手の持ち物の価値にお世辞を言うことも必要である」（也必須針對對方的持有物奉承阿諛）這個敘述是不對的。

選項 3 是正確答案。選項 3 對應文章中「あなたに対して好感と親しみを寄せざるを得なくなります」（不由得對你產生好感及親和感）和「相手の価値観・存在感を認めてあげてはいかがでしょう」（認同對方的價值觀、存在感如何呢）。

雖然文章中有提到頂級業務和希爾頓飯店的創始人都懂得尊重他人，來獲得對方的好感及親和感，不過這只是舉例而已。作者最想表達的還是這些例子背後的道理：滿足對方希望獲得認同的需求，就能讓別人甘願為自己做事。所以選項 4 也是錯的。

這篇文章的主旨非常明確，作者以「人類想獲得他人尊敬、認同的一種心理」來貫穿全文，並提及滿足對方這種心理，就能得到對方的好感。這一題可以用刪去法來作答。

□ 一礼（いちれい） 鞠躬，行禮
□ 気にかける（き） 放在心上，掛念
□ 抱く（いだ） 抱持

翻譯與解題

✔ 重要文法

【名詞；動詞ます形】＋がちだ。表示即使是無意的，也容易出現某種傾向，或是常會這樣做。一般多用在負面評價的動作。

❶ がちだ 容易…、往往會…

例句 おまえは、いつも病気がちだなあ。

你還真容易生病呀。

【名詞】＋さえ＋【[形容詞・形容動詞・動詞]假定形】＋ば。表示只要某事能夠實現就足夠了。其他的都是小問題。強調只需要某個最低，或唯一的條件，後項就可以成立了。

❷ さえ…ば 只要…（就）…

例句 道が込みさえしなければ、空港まで30分で着きます。

只要不塞車，30 分就能到機場了。

【名詞】＋に対して。表示動作、感情施予的對象。可以置換成「に」。

❸ に対して 向…、對（於）…

例句 この問題に対して、意見を述べてください。

請針對這問題提出意見。

【名詞；動詞辭書形】＋につれ（て）。表示隨著前項的進展，同時後項也隨之發生相應的進展。

❹ につれて 伴隨…、隨著…、越…越…

例句 物価の上昇につれて、国民の生活は苦しくなりました。

隨著物價的上揚，國民的生活就越來越困苦了。

❺ ざるをえない 不得不…、被迫…

> **例句** これだけ証拠があっては、罪を認めざるをえません。
>
> 都有這麼多證據了，就只能認罪了。

> 【動詞否定形（去ない）】＋ざるを得ない。表示除此之外，沒有其他的選擇。有時也表示迫於某壓力或情況，而違背良心地做某事。

---

❻ たびに 每次…、每當…就…

> **例句** あいつは、会うたびに皮肉を言う。
>
> 每次跟那傢伙碰面，他就冷嘲熱諷的。

> 【名詞の；動詞辭書形】＋たびに。表示前項的動作、行為都伴隨後項。相當於「するときはいつも」。

✐ 小知識大補帖

▶和「走路」相關的單字

單　詞	意　思
足が棒になる （腳痠）	長い間立っていたり歩いたりして、足がひどく疲れる。 （由於長時間站著或走路，使得腳極度疲乏。）
足並み （步伐）	複数の人が一緒に歩くときの、足のそろい具合 （複數的人一起走路時，邁步的方式）
さまよう （徘徊）	目的もなく歩き回る。 （無目的的走來走去。）
散歩 （散步）	気晴らしや健康のために、気のままに歩くこと （為了散心或健康信步而行）
忍び足 （輕聲走路）	人に気づかれないように、足音を立てずに歩くこと （為了不讓別人發現，輕聲走路）
ずかずか （毫不客氣）	遠慮なく、勢いに任せて歩く様子 （毫不客氣，盛氣凌人般地走路的樣子）
すたすた （急步走）	わき目もふらず、さっさと歩く様子 （不分心，快步走的樣子）

すり足 （躡手躡腳）	足の裏を地面や床にするようにして歩く様子 （腳掌貼著地面或地板，放輕腳步走路的樣子）
そぞろ歩き （信步而行）	目的もなく、ぶらぶらと歩き回ること （沒有目的，漫步走動）
千鳥足 （搖搖晃晃）	酒に酔って、よろよろと歩く様子 （喝酒醉，走路歪歪斜斜，搖搖晃晃的樣子）
つかつか （大模大樣）	ためらいなく進み出る様子 （隨隨便便，毫不客氣走路的樣子）
踏破 （踏破，走過）	長く困難な道を歩き通すこと （走過漫長艱苦的路程）
とぼとぼ （沉重）	元気なく歩く様子 （走路步伐沒有精神的樣子）
練り歩く （緩步前行）	行列がゆっくり歩き回る。 （結隊漫步行走。）
のっしのっし （慢吞吞地走）	体が大きくて重い物が、ゆっくりと歩く様子 （身體龐大的重物，慢騰騰走路的樣子）
ぶらつく （搖晃）	目的もなく、ゆっくりと歩き回る。 （沒有目的，漫步溜達。）
よたよた （步履蹣跚）	足の動きがしっかりしていない様子 （腳步不穩，走路跟跟蹌蹌的樣子）

▶ 和臉有關的慣用句

單字・慣用句等	中　譯
顔を合わす	見面
顔が広い	交友廣闊
顔が利く	有勢力，吃得開
顔をつぶす	丟臉；名譽受損

顔を出す	現身，露面；參加（聚會）
顔が売れる	有名望，出名
顔から火が出る	羞紅了臉
顔に泥を塗る	損害聲譽，丟臉
顔が立つ	有面子
目が高い	眼光高，有慧眼
目が利く	眼尖；有鑑賞力
目がない	著迷；沒眼光
目が回る	頭暈目眩；喻非常忙碌
目に余る	看不下去，忍無可忍
目もくれない	無視，不理會
目と鼻の先	近在咫尺
目に入れても痛くない	（兒孫）可愛得不得了，溺愛（兒孫）
目をつぶる	閉上眼睛；假裝沒看見；過世
目を丸くする	瞪大眼睛，吃驚
鼻が高い	洋洋得意
鼻にかける	炫耀，驕傲自滿
鼻につく	膩煩，討厭
耳が痛い	對批評或忠告感到刺耳，不中聽
耳にたこができる	同樣的事聽太多次而感到厭煩
耳が早い	消息靈通

耳を疑う	懷疑是否聽錯
口が軽い	説話輕率，口風不緊
口がすべる	説溜嘴
口を割る	招供，坦白
口が減らない	話多；強詞奪理
口を切る	先開口説話；打開瓶蓋或封蓋

▸ 天災人禍

地震で多くの家が壊れた。
許多房屋在地震中倒塌。

地震で30人が死んだ。
這場地震奪走了 30 條人命。

昨日は大変な雪で、電車もバスも動かなかった。
昨天那場暴雪，導致電車和巴士都動彈不得。

テレビが台風のニュースを伝えている。
電視正在播報颱風動態的新聞。

隣のうちが火事になった。
隔壁鄰居家發生了火災。

隣から火が出て、うちも燃えてしまった。
隔壁失火，連我們家也被火燒了。

火事で何もかも焼けてしまった。
所有的家當都被那把火燒成灰燼了。

カーテンにストーブの火がついて火事になった。
火爐裡的火苗竄上窗簾，因而引發火災。

事故のニュースを今朝の新聞で知った。
我從今天早上的晨間新聞聽到了事故的消息。

自動車が増えて交通事故が多くなりました。
由於汽車數量增多，交通事故也跟著與日俱增。

交通事故で毎年1万人以上の人が死んでいます。
交通事故每年會奪走超過一萬條人命。

交通事故に遭ったら、すぐ交番に連絡しなくてはならない。
假如發生了交通事故，一定要立刻聯絡派出所。

事故を起こさないようにゆっくり走りましょう。
我們開慢一點，以免發生交通意外。

夜は明るい道を通ります。
我晚上會挑燈光明亮的道路行走。

戦争で5万人も死にました。
多達五萬人死於這場戰爭之中。

戦争をしたい国はない。
沒有國家會希望發生戰爭。

危ないからこの川で泳ぐな。
不要在這條河裡游泳，太危險了！

泥棒に入られたら大変です。
要是遭小偷就糟糕了。

財布を盗まれました。
錢包被偷了。

泥棒が交番に連れて行かれた。
小偷被帶去派出所了。

彙整資訊

測驗是否能夠從廣告、傳單、手冊、提供訊息的
各類雜誌、商業文書等資訊題材（700字左右）中，
找出所需的訊息。

考前要注意的事

▶ 作答流程 & 答題技巧

閱讀說明　先仔細閱讀考題說明

**閱讀
問題與內容**

預估有 2 題

1 考試時建議先看提問及選項，再看文章。

2 主要以報章雜誌、商業文書等文章為主。

3 表格等文章一看很難，但只要掌握原則就容易了。首
先看清提問的條件，接下來快速找出符合該條件的內
容在哪裡。最後，注意有無提示「例外」的地方。不
需要每個細項都閱讀。

4 平常可以多看日本報章雜誌上的廣告、傳單及手冊，
進行模擬練習。

答題　選出正確答案

次は２つのスピーチコンテストの募集要項である。下の問いに対する答えとして最も良いものを、１・２・３・４から一つ選びなさい。

74 中国人の楊さんとアメリカ人のロビンソンさんは、○○県の同じアパートに住んでいる。楊さんは半年前に日本に来て、○○県にある日本語学校で日本語を学んでいる。一方、ロビンソンさんは３年前に来日し、今は○○県立大学に通っている。二人ともスピーチコンテストに出場したいと思っているが、二人が応募できるのは、ＡとＢのどちらのコンテストか。

1 楊さんは両方のコンテストに応募できるが、ロビンソンさんはコンテストＢにだけ応募できる。

2 楊さんはコンテストＡにだけ応募でき、ロビンソンさんは両方とも応募できない。

3 ロビンソンさんは両方のコンテストに応募できるが、楊さんはコンテストＢにだけ応募できる。

4 二人とも両方のコンテストに応募できる。

75 韓国人のキムさんは、5年前に来日して、今は××県立大学の大学院でアジア事情を研究している。日本と韓国の文化交流の歴史をテーマにコンテストBに参加したいと思い、今回新たに自分で書いた原稿と自分のスピーチの録音、パスポートのコピーをEメールに付けて、必要事項を書いて6月30日に送ったが、出場者に選ばれなかった。その理由はなぜだと考えられるか。

1　送った書類に足りないものがあった。
2　スピーチのテーマがコンテストのテーマに合わなかった。
3　キムさんの条件が応募資格に合わなかった。
4　書類の送り方を間違えていた。

コンテストA

○○県主催　外国人による日本語スピーチコンテスト

　当県では、下記の通り「外国人による日本語スピーチコンテスト」を開催いたします。

テーマ	「日本に住む外国人として思うこと」 ※日本での日常生活で日頃感じていること、母国との生活習慣の違いなどのテーマで述べていただきます。
日程	応募締切：8月31日 予選：10月1日午前10時から（予選通過者10名が本選に出場できます） 本選：10月2日午後2時から
会場	予選と本選ともに県庁の講堂。参観はどなたでも可。
応募資格	○○県内在住または県内の学校に通学している日本国籍以外の方で、日本での在住期間が1年以内の方。
応募方法	スピーチ内容を日本語で400字以内にまとめたものに、住所・氏名・年齢・国籍・学校名・電話番号を記載の上、下記の応募先へ郵送、ファックス、またはEメールにてお送りください。
応募先	〒・・・　○○県××市1-2-3 ○○県庁　「外国人による日本語スピーチコンテスト」開催事務局 TEL：000-000-0000　FAX：000-000-1111　E-mail：aaa@bbb.jp
応募の決まり	・スピーチは一人3分以内で日本語によること。 ・内容はオリジナルで未発表のものであること。 ・コンテスト当日はパスポートを持参してください。
賞	大賞　　　1名：賞金1万円 優秀賞　数名：賞金5千円 参加賞　予選通過者で大賞・優秀賞受賞の方以外全員に、記念品をお贈りします。
審査方法	○○県立大学の日本語教師3名が、内容と日本語の正確さに基づいて審査します。
主催	○○県

コンテストB

○○アジア留学生協会主催　日本語スピーチコンテスト

　当協会では、アジアの視点から見た日本とアジア諸国との関係について述べてもらい、今後の国際交流、相互理解を深めるために、日本以外のアジア国籍の方による日本語スピーチコンテストを開催いたします。

テーマ	「日本とほかのアジア諸国との関係」 ※商業的、政治的、宗教的な宣伝内容を含まないものに限る
日程	応募締切：7月1日必着 コンテスト：8月1日14：00（会場：当協会ホール）
応募資格	日本在住の日本以外のアジア国籍の方で、日本の大学または大学院に在学中の方
応募方法	応募用紙に必要事項を記入の上、スピーチ内容全文の原稿及び応募者本人がスピーチしたものを録音したカセットテープまたはCDと、パスポートのコピーを添えて当協会に郵送してください。応募用紙は当協会窓口または、当協会のホームページからもダウンロードできます。ファックスまたはEメールでの応募は受付けておりませんので、ご注意ください。
問い合わせ先	〒・・・　△△県☆☆市0-0-1　○○アジア留学生協会 TEL：000-111-1111　　FAX：000-111-2222 ホームページ：http://www.cccddd.jp E-mail：ccc@ddd.jp
出場者の決定	当協会において、応募者の中から10名をスピーチ原稿及び録音内容により選考します。選考結果は7月10日までに全応募者に通知します。
応募規定	・スピーチは一人5分以内。超過は減点します。 ・内容は自作で、公表したことのないものに限る。
賞	金賞　1名：賞金50万円 銀賞　1名：賞金10万円 銅賞　1名：賞金1万円
審査員	当協会の役員5名

次は2つのスピーチコンテストの募集要項である。下の問いに対する答えとして最も良いものを、1・2・3・4から一つ選びなさい。

コンテストA

○○県主催　外国人による日本語スピーチコンテスト

当県では、下記の通り「外国人による日本語スピーチコンテスト」を開催いたします。

テーマ	「日本に住む外国人として思うこと」 ※日本での日常生活で日頃感じていること、母国との生活習慣の違いなどのテーマで述べていただきます。
日程	応募締切：8月31日 予選：10月1日午前10時から（予選通過者10名が本選に出場できます） 本選：10月2日午後2時から
会場	予選と本選ともに県庁の講堂。参観はどなたでも可。
応募資格	○○県内在住または県内の学校に通学している日本国籍以外の方で、日本での在住期間が1年以内の方。
応募方法	スピーチ内容を日本語で400字以内にまとめたものに、住所・氏名・年齢・国籍・学校名・電話番号を記載の上、下記の応募先へ郵送、ファックス、またはEメールにてお送りください。
応募先	〒・・・　○○県××市1-2-3 ○○県庁　「外国人による日本語スピーチコンテスト」開催事務局 TEL：000-000-0000　FAX：000-000-1111　E-mail：aaa@bbb.jp
応募の決まり	・スピーチは一人3分以内で日本語によること。 ・内容はオリジナルで未発表のものであること。 ・コンテスト当日はパスポートを持参してください。
賞	大賞　　1名：賞金1万円 優秀賞　数名：賞金5千円 参加賞　予選通過者で大賞・優秀賞受賞の方以外全員に、記念品をお贈りします。
審査方法	○○県立大学の日本語教師3名が、内容と日本語の正確さに基づいて審査します。 └文法詳見 P216
主催	○○県

下面是兩則演講比賽的報名辦法。請從選項1・2・3・4當中選出一個下列問題最恰當的答案。

A比賽

○○縣主辦　外籍人士日語演講比賽

本縣依照以下辦法，舉行「外籍人士日語演講比賽」。

主題	「在日外國人所想的事情」 ※請各位以在日本的日常生活平日的感觸，或是和自己國家不同的生活習慣等等為題發表。
日程	報名截止日：8月31日 預賽：10月1日上午10時開始（10位通過預賽者可以晉級決賽） 決賽：10月2日下午2時開始
會場	預賽和決賽均在縣政府講堂。開放自由參觀。
報名資格	住在○○縣內或是在縣內學校上課，非日本國籍，且在日期間為1年以下。
報名方法	將演講內容整理成日語400字以內的文章，並寫下住址、姓名、年齡、國籍、學校名、電話號碼，郵寄到下列的報名地址，或是以傳真或e-mail傳送。
報名地址	〒・・・　○○縣××市1-2-3 ○○縣政府　「外籍人士日語演講比賽」舉辦事務處 TEL：000-000-0000　FAX：000-000-1111　E-mail：aaa@bbb.jp
報名規則	・演講是使用日語，一人限時3分鐘。 ・內容須為原創且未經發表的東西。 ・比賽當天請攜帶護照。
獎項	大獎　　1名：獎金1萬圓 優秀獎　數名：獎金5千圓 參加獎　通過預賽者，除大獎、優秀獎獲獎者之外，將致贈全員紀念品。
評選方法	○○縣立大學的3位日語教師，將根據內容及日語的正確性來進行評選。
主辦	○○縣

コンテストB

○○アジア留学生協会主催　日本語スピーチコンテスト

当協会では、アジアの視点から見た日本とアジア諸国との関係について述べてもらい、今後の国際交流、相互理解を深めるために、日本以外のアジア国籍の方による日本語スピーチコンテストを開催いたします。

テーマ	「日本とほかのアジア諸国との関係」 ※商業的、政治的、宗教的な宣伝内容を含まないものに限る
日程	応募締切：7月1日必着 コンテスト：8月1日14：00（会場：当協会ホール）
応募資格	日本在住の日本以外のアジア国籍の方で、日本の大学または大学院に在学中の方
応募方法	応募用紙に必要事項を記入の上、スピーチ内容全文の原稿及び応募者本人がスピーチしたものを録音したカセットテープまたはCDと、パスポートのコピーを添えて当協会に郵送してください。応募用紙は当協会窓口または、当協会のホームページからもダウンロードできます。ファックスまたはEメールでの応募は受付けておりませんので、ご注意ください。
問い合わせ先	〒・・・　△△県☆☆市0-0-1　○○アジア留学生協会 TEL：000-111-1111　　FAX：000-111-2222 ホームページ：http://www.cccddd.jp E-mail：ccc@ddd.jp
出場者の決定	当協会において、応募者の中から10名をスピーチ原稿及び録音内容により選考します。選考結果は7月10日までに全応募者に通知します。
応募規定	・スピーチは一人5分以内。超過は減点します。 ・内容は自作で、公表したことのないものに限る。
賞	金賞　1名：賞金50万円 銀賞　1名：賞金10万円 銅賞　1名：賞金1万円
審査員	当協会の役員5名

B 比賽

○○亞洲留學生協會主辦　日語演講比賽

　　本協會希望各位能站在亞洲的角度來看日本及其他亞洲各國的關係發表意見。為了加深今後的國際交流及相互理解，將舉辦亞洲籍人士的日語演講比賽。

主題
「日本與其他亞洲各國的關係」
※僅限不含商業、政治、宗教性質宣傳內容的主題

日程
報名截止日：7月1日必須送達
比賽：8月1日14：00（會場：本協會大廳）

報名資格
　　住在日本，非日本籍的亞洲國籍人士，正就讀日本的大學或是研究所

報名方法
　　請在報名表內填入必填項目，並將演講內容全文的原稿以及錄有演講者本人演講內容的錄音帶或CD光碟，附上護照影本郵寄到本協會。報名表可在本協會櫃台領取，或是官網下載。恕不接受傳真或e-mail報名，敬請注意。

聯絡方式
〒・・・　△△縣☆☆市0-0-1
○○亞洲留學生協會
TEL：000-111-1111　　FAX：000-111-2222
官網：http://www.cccddd.jp
E-mail：ccc@ddd.jp

參賽者選拔
本協會將依據演講原稿以及錄音內容，從報名參賽者當中挑選出10位。選拔結果在7月10日之前會通知所有報名參賽者。

報名規定
・演講一人限時5分鐘，超時將扣分。
・內容限為自己的作品，且未經公開發表。

獎項
金牌　　1名：獎金50萬圓
銀牌　　1名：獎金10萬圓
銅牌　　1名：獎金1萬圓

評審　5位本協會成員

コンテストA

応募 資格	○○県内在住または県内の学校に通学している日本国籍以外 の方で、日本での在住期間が1年以内の方。	▷關鍵句

コンテストB

応募 資格	日本在住の日本以外のアジア国籍の方で、日本の大学または 大学院に在学中の方	▷關鍵句

□ スピーチコンテスト
【speech contest】演
講比賽

□ 主催 主辦

□ 当 本，這個

□ 母国 自己的國家，祖國

□ 応募 報名

□ 締切 截止日，截止時間

□ 予選 預賽

□ 本選 決賽

□ 県庁 縣政府

□ 在住 住在…，居住

---

74 中国人の楊さんとアメリカ人のロビンソンさんは、○○県の同じアパートに住んでいる。楊さんは半年前に日本に来て、○○県にある日本語学校で日本語を学んでいる。
一方、ロビンソンさんは3年前に来日し、今は○○県立大学に通っている。二人ともスピーチコンテストに出場したいと思っているが、二人が応募できるのは、AとBのどちらのコンテストか。

1 楊さんは両方のコンテストに応募できるが、ロビンソンさんはコンテストBにだけ応募できる。

2 楊さんはコンテストAにだけ応募でき、ロビンソンさんは両方とも応募できない。

3 ロビンソンさんは両方のコンテストに応募できるが、楊さんはコンテストBにだけ応募できる。

4 二人とも両方のコンテストに応募できる。

A比賽

B比賽

> 這一題的問的是可以報名的比賽，所以必須先看海報的「応募資格」（報名資格），再檢查兩人符不符合A和B的參加條件。

Answer 2

74 中國人楊同學和美國人羅賓森同學住在〇〇縣的同一間公寓。楊同學半年前來到日本，在〇〇縣的日本語學校學習日語。另一方面，羅賓森同學3年前來到日本，現在就讀於〇〇縣立大學。兩人都想參加演講比賽，他們能報名的是A比賽還是B比賽呢？

1 楊同學兩場比賽都能報名，羅賓森同學只能報名B比賽。

2 楊同學只能報名A比賽，羅賓森同學兩場比賽都不能報名。

3 羅賓森同學兩場比賽都能報名，楊同學只能報名B比賽。

4 兩人兩場比賽都能報名。

> 報名A比賽必須同時符合「〇〇県内在住または県内の学校に通学している」（住在〇〇縣或是在〇〇縣內的學校上課），「日本国籍以外の方」（非日本國籍），「日本での在住期間が1年以内の方」（在日期間為1年以下）三點。

> 楊同學三項條件都符合，可以報名A比賽。不過羅賓森同學來日本已經3年，所以不能報名A比賽。

> 報名B比賽必須同時符合「日本在住」（住在日本），「日本以外のアジア国籍の方」（非日本籍的亞洲國籍人士），「日本の大学または大学院に在学中の方」（正就讀日本的大學或是研究所）三點。
> 楊同學就讀的是語言學校，不是大學或研究所，所以他不能報名B比賽。而羅賓森同學是美國人，所以也不能報名B比賽。因此正確答案是2。

コンテストB

テーマ	「日本とほかのアジア諸国との関係」 ※商業的、政治的、宗教的な宣伝内容を含まないものに限る
応募資格	日本在住の日本以外のアジア国籍の方で、日本の大学または大学院に在学中の方
応募方法	応募用紙に必要事項を記入の上、スピーチ内容全文の原稿及び応募者本人がスピーチしたものを録音したカセットテープまたはCDと、パスポートのコピーを添えて当協会に郵送してください。応募用紙は当協会窓口または、当協会のホームページからもダウンロードできます。<mark>ファックスまたはEメールでの応募は受付けておりませんので、ご注意ください。</mark> ←關鍵句

□ オリジナル【original】
　原創

□ 未発表　未經發表

□ 持参　帶（來）

□ ～名　（人數）…名

□ 数～　數（個），幾（個）

□ 諸国　各國

□ 必着　必須到達

□ 大学院　研究所

□ 公表　公開發表

□ 役員　幹部

75 韓国人のキムさんは、5年前に来日して、今は××県立大学の大学院でアジア事情を研究している。日本と韓国の文化交流の歴史をテーマにコンテストBに参加したいと思い、今回新たに自分で書いた原稿と自分のスピーチの録音、パスポートのコピーをEメールに付けて、必要事項を書いて6月30日に送ったが、出場者に選ばれなかった。その理由はなぜだと考えられるか。

1　送った書類に足りないものがあった。

2　スピーチのテーマがコンテストのテーマに合わなかった。

3　キムさんの条件が応募資格に合わなかった。

4　書類の送り方を間違えていた。

B比賽

> 　　　　「日本與其他亞洲各國的關係」
> **主題**　※僅限不含商業、政治、宗教性質
> 　　　　宣傳內容的主題
>
> **報名**　住在日本，非日本籍的亞洲國籍人
> **資格**　士，正就讀日本的大學或是研究所
>
> **報名**　請在報名表內填入必填項目，並將
> **方法**　演講內容全文的原稿以及錄有演講
> 　　　　者本人演講內容的錄音帶或ＣＤ光
> 　　　　碟，附上護照影本郵寄到本協會。
> 　　　　報名表可在本協會櫃台領取，或是
> 　　　　官網下載。恕不接受傳真或e-mail報
> 　　　　名，敬請注意。

　　題目問的是金同學沒獲選出賽的原因。建議從題目敘述找出關鍵，再對照海報中的項目，檢查哪個環節出錯。

────────────────────────── **Answer** **4**

75 金同學是韓國人，5年前來到日本，現在在××縣立大學研究所研究亞洲情勢。他想以日韓文化交流史為題參加B比賽。他在6月30日把這次自己新撰寫的原稿和自己的演講錄音檔連同護照影本附加在e-mail裡，並填寫必填項目寄出，不過沒入選為參賽者。我們可以推測理由為何呢？

1 他寄送的資料有缺。

2 演講題目不符合比賽主題。

3 金同學的條件不符合報名資格。

4 弄錯了資料的寄送方式。

　　金同學是「韓国人」（韓國人），並且「今は××県立大学の大学院でアジア事情を研究している」（現在在××縣立大學研究所研究亞洲情勢），符合報名資格。準備參賽的題目是「日本と韓国の文化交流の歴史」（日韓文化交流史），符合主題要求。

　　但是海報上面提到報名資料必須用「郵送」（郵寄），「応募方法」（報名方法）最後也提醒「ファックスまたはＥメールでの応募は受付けておりませんので、ご注意ください」（恕不接受傳真或e-mail報名，敬請注意）。因為他的寄送方式錯誤，所以沒有獲選為參賽者。正確答案是4。

次は、ある大学で開かれる公開講座のリストである。下の問いに対する答えとして最もよいものを、1・2・3・4から一つ選びなさい。

74 山本さんは外国語かパソコンが習いたい。外国語はこれまで英語しか勉強したことがなく、今度は何か日本の近くの国の言葉をやってみたい。パソコンに関しては、自分のブログはすでに持っているので、次は会社の仕事で使えるようにホームページの作成の仕方を勉強したいと思っている。土日のうち1日は家族と過ごしたい。水曜日は仕事が遅くなることがあるので都合が悪い。リストの中に、山本さんの条件に合う講座はいくつあるか。

1　1つ　　　　　2　2つ　　　　3　3つ　　　　4　4つ

75 ミードさんはアメリカ人留学生で、いろは市にある国際学生会館に住んでいる。日本語は日常会話に全く困らない程度できるようになった。月曜日の夜は、アルバイトで英語を教えている。週末は家にいることが多い。デジタルカメラでたくさんの写真を撮ったので、絵はがきにしてアメリカにいる家族に送りたいと思っている。リストの中に、ミードさんが取るとよい講座はいくつあるか。

1　2つあるが、1つは都合が悪い

2　2つあるが、2つとも都合が悪い

3　1つあって、都合もよい

4　1つもない

いろは大学　夏休み公開講座

7/17～8/21（毎週火曜日）19:00-20:30　全6回

【初心者のための中国語】9,000円
　中国語のおもしろさは、目で字を見るとなんとなく内容が想像できるのに、耳で聞くと全く分からないところにあります。まずは発音から！

7/11～8/15（毎週水曜日）19:00-20:30　全6回

【韓国語入門】9,000円
　韓国語は、文字が規則正しいのみならず、文法も日本語とよく似ており、学びやすいことばです。初めての方、大歓迎！

7/9～8/17（毎週月・金曜日）19:00-20:30　全12回

【はじめてのにほんご】6,000円
　「五十音」とふだんよく使うあいさつから始め、買い物のときなどに役立つ表現を学んでいきます。
　＊　ご家庭の状況次第で無料となる場合があります。
　＊　いろは市にお住まいの外国人の方が対象です。

7/19～8/23（毎週木曜日）19:00-20:30　全6回

【初心者のパソコン】9,000円
　ワープロの打てない方、インターネットには興味あるけれど難しそう……という方、初めはみんな未経験者です。勇気を出して、レッツトライ！

7/8～8/12（毎週日曜日）10:30-12:00　全6回

【情報処理講座】12,000円
　ワープロ、Eメール、ネットサーフィン以外でパソコンを使ったことがない方、ビジネスですぐに役立つ表計算を中心に学びます。

7/7～8/11（毎週土曜日）10:30-12:00　全6回

【やさしい画像編集】9,000円
　デジタルカメラで撮った写真の管理、編集を学びます。オリジナルアルバムや写真入り年賀状を作ってみませんか。

7/22～8/26（毎週日曜日）18:00-21:00　全6回

【ブログを書こう】24,000円
　ワープロが打ててデジタルカメラを持っている方なら誰でもブログを開設できます。あなたもインターネットに日記を書いてみませんか。

次は、ある大学で開かれる公開講座のリストである。下の問いに対する答えとして最もよい
ものを、1・2・3・4から一つ選びなさい。

いろは大学　夏休み公開講座

7/17〜8/21（毎週火曜日）19:00-20:30　全6回

【初心者のための中国語】9,000円
　中国語のおもしろさは、目で字を見るとなんとなく内容が想像できる
のに、耳で聞くと全く分からないところにあります。まずは発音から！

7/11〜8/15（毎週水曜日）19:00-20:30　全6回

【韓国語入門】9,000円
　　　　　　　　　　　　　　　　　　　　　「文法詳見 P216」
　韓国語は、文字が規則正しいのみならず、文法も日本語とよく似て
おり、学びやすいことばです。初めての方、大歓迎！

7/9〜8/17（毎週月・金曜日）19:00-20:30　全12回

【はじめてのにほんご】6,000円
　「五十音」とふだんよく使うあいさつから始め、買い物のときなど
に役立つ表現を学んでいきます。
＊　ご家庭の状況次第で無料となる場合があります。
　　　　　　　　└文法 P216
＊　いろは市にお住まいの外国人の方が対象です。

7/19〜8/23（毎週木曜日）19:00-20:30　全6回

【初心者のパソコン】9,000円
　ワープロの打てない方、インターネットには興味あるけれど難しそう……
という方、初めはみんな未経験者です。勇気を出して、レッツトライ！

7/8〜8/12（毎週日曜日）10:30-12:00　全6回

【情報処理講座】12,000円
　ワープロ、Eメール、ネットサーフィン以外でパソコンを使ったこと
がない方、ビジネスですぐに役立つ表計算を中心に学びます。

7/7〜8/11（毎週土曜日）10:30-12:00　全6回

【やさしい画像編集】9,000円
　デジタルカメラで撮った写真の管理、編集を学びます。オリジナル
アルバムや写真入り年賀状を作ってみませんか。

7/22〜8/26（毎週日曜日）18:00-21:00　全6回

【ブログを書こう】24,000円
　ワープロが打ててデジタルカメラを持っている方なら誰でもブログを
開設できます。あなたもインターネットに日記を書いてみませんか。

下面是在某大學舉行的公開講座的列表。請從選項 1・2・3・4 當中選出一個最恰當的答案。

伊呂波大學　暑期公開講座

7／17～8／21（每週二）19:00-20:30　共6回

【初級中文】9,000圓

　　中文有趣的地方就在於用眼睛看字多少能想像其內容，但是用耳朵聽的話就完全不知道在說什麼。首先從發音著手！

7／11～8／15（每週三）19:00-20:30　共6回

【韓語入門】9,000圓

　　韓語不僅是文字規則方正，連文法也和日文極為相似，是很容易學的一種語言。我們十分歡迎初學者！

7／9～8／17（每週一、五）19:00-20:30　共12回

【初級日語】6,000圓

　　從「五十音」和平時常用的招呼用語開始，學習在購物等場合能派得上用場的說法。

　　＊　依照家庭經濟狀況可以免除學費。

　　＊　對象是住在伊呂波市的外國人。

7／19～8／23（每週四）19:00-20:30　共6回

【基礎電腦】9,000圓

　　不會使用文書處理的人，或是對網路有興趣但覺得似乎很難的人，大家一開始都是沒有經驗的。請拿出勇氣，Let's try！

7／8～8／12（每週日）10:30-12:00　共6回

【資訊處理講座】12,000圓

　　若您沒有使用過文書處理、e-mail、上網以外的電腦功能，我們將主要學習對商務馬上有幫助的試算表。

7／7～8／11（每週六）10:30-12:00　共6回

【簡易圖像處理】9,000圓

　　學習數位相機所拍攝的照片的管理、處理。要不要做做看原創的相簿或照片賀年卡呢？

7／22～8／26（每週日）18:00-21:00　共6回

【來寫部落格吧】24,000圓

　　只要會打字又有數位相機，不管是誰都能開設部落格。你要不要也試試看在網路上寫日記呢？

いろは大学　夏休み公開講座

7/17～8/21（毎週火曜日）19:00-20:30　全6回

【初心者のための中国語】9,000円

中国語のおもしろさは、目で字を見るとなんとなく内容が想像できるのに、耳で聞くと全く分からないところにあります。まずは発音から！

7/11～8/15（毎週水曜日）19:00-20:30　全6回

【韓国語入門】9,000円

韓国語は、文字が規則正しいのみならず、文法も日本語とよく似ており、学びやすいことばです。初めての方、大歓迎！

7/9～8/17（毎週月・金曜日）19:00-20:30　全12回

【はじめてのにほんご】6,000円

「五十音」とふだんよく使うあいさつから始め、買い物のときなどに役立つ表現を学んでいきます。

＊　ご家庭の状況次第で無料となる場合があります。
＊　いろは市にお住まいの外国人の方が対象です。

7/19～8/23（毎週木曜日）19:00-20:30　全6回

【初心者のパソコン】9,000円

ワープロの打てない方、インターネットには興味あるけれど難しそう……という方、初めはみんな未経験者です。勇気を出して、レッツトライ！

7/8～8/12（毎週日曜日）10:30-12:00　全6回

【情報処理講座】12,000円

ワープロ、Eメール、ネットサーフィン以外でパソコンを使ったことがない方、ビジネスですぐに役立つ表計算を中心に学びます。

7/7～8/11（毎週土曜日）10:30-12:00　全6回

【やさしい画像編集】9,000円

デジタルカメラで撮った写真の管理、編集を学びます。オリジナルアルバムや写真入り年賀状を作ってみませんか。

7/22～8/26（毎週日曜日）18:00-21:00　全6回

【ブログを書こう】24,000円

ワープロが打ててデジタルカメラを持っている方なら誰でもブログを開設できます。あなたもインターネットに日記を書いてみませんか。

□ 公開　公開
□ リスト【list】列表，清單
□ 初心者　初學者

□ なんとなく　（不知為何）總覺得
□ 無料　免費
□ お住まい　住所，住處

□ 未経験者　沒有經驗的人
□ 情報　資訊

74 山本さんは外国語かパソコンが習いたい。外国語はこれまで英語しか勉強したことがなく、今度は何か日本の近くの国の言葉をやってみたい。パソコンに関しては、自分のブログはすでに持っているので、次は会社の仕事で使えるようにホームページの作成の仕方を勉強したいと思っている。土日のうち1日は家族と過ごしたい。水曜日は仕事が遅くなることがあるので都合が悪い。リストの中に、山本さんの条件に合う講座はいくつあるか。

1　1つ　　　　2　2つ
3　3つ　　　　4　4つ

Answer **1**

<aside>
山本先生想學外語或電腦，題目提到「今度は何か日本の近くの国の言葉をやってみたい」（這回想試試看日本鄰近國家的語言），再從他的姓氏「山本」推測他是日本人，所以日語課程不適合他。

題目提到山本先生已經有自己的部落格了，所以可以剔除「ブログを書こう」（來寫部落格吧）。接著題目提到他想學網站架設方法，但「初心者のパソコン」（基礎電腦），「情報処理講座」（資訊處理講座），「やさしい画像編集」（簡易圖像處理）這三門課程都和網站架設無關，因此都不適合他。只剩「初心者のための中国語」（初級中文）和「韓国語入門」（韓語入門）這2門課程。
</aside>

74 山本先生想學外語或是電腦。外語的話他至今只學過英語而已，這回想試試看日本鄰近國家的語言。關於電腦，他已經有自己的部落格了，所以接下來想學網站架設方法，好用在公司的工作上。禮拜六、日的其中一天他想和家人一起度過。有時週三會晚下班，所以不太方便。列表當中，符合山本先生條件的講座一共有幾個呢？

1　1個　　　2　2個
3　3個　　　4　4個

題目又提到「土日のうち1日は家族と過ごしたい」（禮拜六、日的其中一天他想和家人一起度過），暗示不能選週六和週日都需要上課的課程。此外，題目又說「水曜日は仕事が遅くなることがあるので都合が悪い」（有時週三會晚下班，所以不太方便），因此「韓国語入門」不適合他。

所以山本先生只剩下週二的「初心者のための中国語」可以參加。正確答案是1。

IIII

翻譯與解題 ②

いろは大学　夏休み公開講座

7/17～8/21（毎週火曜日）19:00-20:30　全6回

【初心者のための中国語】9,000円

　中国語のおもしろさは、目で字を見るとなんとなく内容が想像できるのに、耳で聞くと全く分からないところにあります。まずは発音から！

7/11～8/15（毎週水曜日）19:00-20:30　全6回

【韓国語入門】9,000円

　韓国語は、文字が規則正しいのみならず、文法も日本語とよく似ており、学びやすいことばです。初めての方、大歓迎！

7/9～8/17（毎週月・金曜日）19:00-20:30　全12回

【はじめてのにほんご】6,000円

　「五十音」とふだんよく使うあいさつから始め、買い物のときなどに役立つ表現を学んでいきます。

　＊　ご家庭の状況次第で無料となる場合があります。

　＊　いろは市にお住まいの外国人の方が対象です。

7/19～8/23（毎週木曜日）19:00-20:30　全6回

【初心者のパソコン】9,000円

　ワープロの打てない方、インターネットには興味あるけれど難しそう……という方、初めはみんな未経験者です。勇気を出して、レッツトライ！

7/8～8/12（毎週日曜日）10:30-12:00　全6回

【情報処理講座】12,000円

　ワープロ、Eメール、ネットサーフィン以外でパソコンを使ったことがない方、ビジネスですぐに役立つ表計算を中心に学びます。

7/7～8/11（毎週土曜日）10:30-12:00　全6回

【やさしい画像編集】9,000円

　デジタルカメラで撮った写真の管理、編集を学びます。オリジナルアルバムや写真入り年賀状を作ってみませんか。

7/22～8/26（毎週日曜日）18:00-21:00　全6回

【ブログを書こう】24,000円

　ワープロが打ててデジタルカメラを持っている方なら誰でもブログを開設できます。あなたもインターネットに日記を書いてみませんか。

□ ネットサーフィン【net surfing】上網

□ 表計算　試算表

□ 編集　編輯，處理

□ 開設　開設，開辦

□ ブログ【blog】部落格

□ デジタルカメラ【digital camera】數位相機

□ 絵はがき　（印有圖樣或照片的）明信片

214

75 ミードさんはアメリカ人留学生で、いろは市にある国際学生会館に住んでいる。日本語は日常会話に全く困らない程度できるようになった。月曜日の夜は、アルバイトで英語を教えている。週末は家にいることが多い。デジタルカメラでたくさんの写真を撮ったので、絵はがきにしてアメリカにいる家族に送りたいと思っている。リストの中に、ミードさんが取るとよい講座はいくつあるか。

1 2つあるが、1つは都合が悪い

2 2つあるが、2つとも都合が悪い

3 1つあって、都合もよい

4 1つもない

────── Answer **3**

> 這一題要先掌握密德同學希望參與的課程，然後依照題目給的條件篩選。

> 從「デジタルカメラでたくさんの写真を撮ったので、絵はがきにしてアメリカにいる家族に送りたいと思っている」（因為他用數位相機拍了很多照片，所以想把照片製作成明信片寄給在美國的家人）可知密德同學想學習把數位照片製作成明信片的方法，這跟電腦課程的「やさしい画像編集」（簡易圖像處理）有關。課程介紹提到這門課學的是數位照片的管理，還可以把照片製作成相簿或賀年卡，所以推測也可以製作成明信片。所有課程中只有這項符合他的需求。

75 密德同學是美國的留學生，他住在伊呂波市的國際學生會館。他的日語已經到達日常會話完全不會感到困擾的程度。星期一晚上他要打工教英文。週末他經常待在家。因為他用數位相機拍了很多照片，所以想把照片製作成明信片寄給在美國的家人。列表當中，適合密德同學的講座有幾個呢？

1 有2個，但其中一個時間不方便

2 有2個，但這兩個時間都不方便

3 有1個，時間上也方便

4 1個也沒有

接著看其他條件限制。從「月曜日の夜は、アルバイトで英語を教えている」（星期一晚上他要打工教英文）可知密德同學週一晚上沒空。不過「やさしい画像編集」的上課時間是星期六，題目也有提到「週末は家にいることが多い」（週末他經常待在家），表示他週末有空，所以密德同學週六可以去上「やさしい画像編集」這門課。由於密德同學只能報名「やさしい画像編集」，時間也可以配合，所以正確答案是3。

翻譯與解題

重要文法

【名詞】＋に基づいて。表示以某事物為根據或基礎。相當於「をもとにして」。

❶ に基づいて　根據…、按照…、基於…

例句 学生から寄せられたコメントに基づいて授業改善の試みが始まった。

依照從學生收集來的建議，開始嘗試了教學改進。

【名詞；形容動詞詞幹である；[形容詞・動詞]普通形】＋のみならず。表示添加。用在不僅限於前接詞的範圍，還有後項進一層的情況。

❷ のみならず　不僅…也…

例句 この薬は、風邪のみならず、肩こりにも効力がある。

這個藥不僅對感冒有效，對肩膀酸痛也很有效。

【名詞】＋次第で。表示行為動作要實現，全憑「次第で」前面的名詞的情況而定。

❸ 次第で　全憑…

例句 気温次第で、作物の生長は全然違う。

在不同的氣溫環境下，作物的生長情況完全不同。

小知識大補帖

▶「週末」所指的範圍

「週末」指的是星期五，還是六、日呢？我們來看看幾本辭典中的意思：

- 「一週間の末。土曜日、また土曜日から日曜日へかけていう。近年は金曜日を含めてもいう。」

　（一星期的尾聲。星期六，或指星期六到星期天的期間。近年來也含星期五在內。）（国語辞書）

216

- 「一週間の末。土曜日から日曜日にかけてをいう。ウイークエンド。」

  （一星期的尾聲。指星期六到星期天的期間。Weekend。）（『広辞苑』岩波書店）

- 「金曜日を含めていうこともある」

  （有時也指含星期五在內）（『大辞林』三省堂）

- 「一週間の末。一週間の終わり頃。金曜から土曜日、また土曜の午後から日曜日にかけてをいう。…」

  （一星期的尾聲。一星期將要結束的時候。指從星期五到星期六，或稱星期六下午到星期天這段期間。…）（『日本国語大辞典』小学館）

另外，再查一下英文辭典的「weekend」：

- 「（特に金曜 [土曜] 日の夜から月曜日の朝までの）週末」

  （「特別指星期五或六晚上直到星期一早上的」週末）（『小学館ランダムハウス英和大辞典』）

- 「週末《土曜日の午後または金曜日の夜から月曜日の朝まで》」

  （週末《星期六下午或星期五晚上到星期一早上為止》）（『研究社新英和大辞典』）

從以上幾本辭典的解釋、説明來看，「週末」所指的範圍，如下：
（1）土曜日（星期六）
（2）金曜日と土曜日（星期五和星期六）
（3）土曜日と日曜日（星期六和星期天）
（4）金曜日の夜から日曜日の夜（または月曜日の朝）まで（從星期五晚上到星期天晚上（或星期一早上）為止）

　　據 NHK 在 1999 年的調查顯示，日本全國有過半數以上的人認為「週末」指的是「土曜日と日曜日」。而答（1）（2）（4）的人各占一成多。也因此，為了正確傳遞訊息，許多新聞媒體都盡可能具體的加上「星期或日期」。例如「這個週末的星期六」或是「下個星期六、25 日」等等。

▶ 電腦網路

パソコンについて詳(くわ)しいです。
我很懂電腦。

パソコンのことはほとんどわかりません。
我對電腦幾乎一竅不通。

文字入力(もじ にゅうりょく)しかできません。
我只會鍵入文字。

Eメールのやりとりとインターネットはできます。
我會發電子郵件和上網。

ノートパソコンとデスクトップ、どっちですか。
你想買筆記型電腦還是桌上型電腦呢？

ウィンドウズですか。マックですか。
你用的是 Windows 系統還是 Mac 系統？

このコンピューターの使(つか)い方(かた)を知(し)っていますか。
你知道這種電腦的操作方式嗎？

ファイルが開(ひら)けないんです。
我打不開這個檔案。

パソコンは正しく使わないと動かない。
假如不以正確的方式操作電腦，就無法啟動運轉。

このデータ、CDに焼いてくれませんか。
你可以幫我把這份資料燒錄到光碟片上嗎？

メールはパソコンと携帯、どっちに送ったらいい。
你希望我把電子郵件發送到你的電腦還是手機裡呢？

手で書くよりパソコンを打つ方が速い。
比起用手寫，以電腦輸入比較快。

仕事にコンピューターを使わない会社は少ないです。
現在已經鮮少有公司不用電腦工作了。

ブログってやってますか。
你有在寫部落格嗎？

ネットはつながってますか。
網路有連線嗎？

新しく買ったばかりのパソコンが動かないんですけど。
我剛買的電腦當機了。

私のパソコン、古くてすぐフリーズしちゃうんです。
我的電腦太舊了，動不動就會當機。

すみません。このコンピューター、最近調子が悪くて。
不好意思，這台電腦最近怪怪的。

精修版

新制對應 絕對合格！
日檢必背閱讀 [25K]

【日檢智庫19】

- 發行人／林德勝
- 著者／吉松由美・田中陽子・大山和佳子
- 設計主編／吳欣樺
- 出版發行／山田社文化事業有限公司
  地址　臺北市大安區安和路一段112巷17號7樓
  電話　02-2755-7622　02-2755-7628
  傳真　02-2700-1887
- 郵政劃撥／19867160號　大原文化事業有限公司
- 總經銷／聯合發行股份有限公司
  地址　新北市新店區寶橋路235巷6弄6號2樓
  電話　02-2917-8022
  傳真　02-2915-6275
- 印刷／上鎰數位科技印刷有限公司
- 法律顧問／林長振法律事務所　林長振律師
- 書／定價　新台幣320元
- 初版／2017年 11 月